시 쉽게 감상하기 III

님의 침묵

한용운 지음

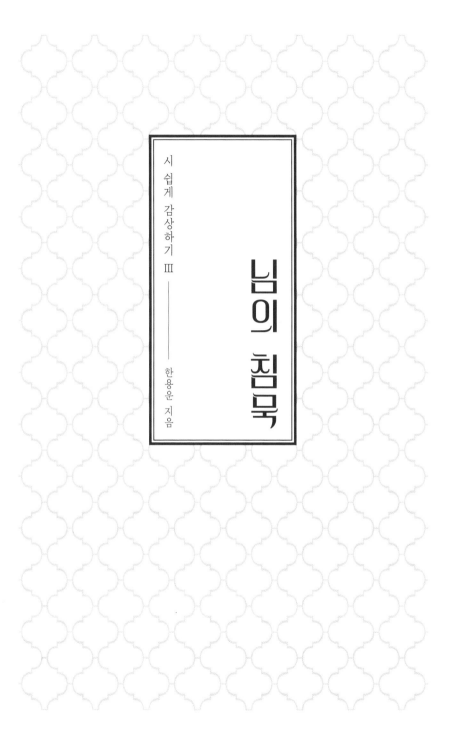

시 쉽게 감상하기 III

님의 침묵

한용운 지음

차례

제1장
임을 향한 노래

알 수 없어요

*바람도 없는 공중에서 수직의 파문을 내이며 고요히 떨어지는 오동잎은 누구의 발자취입니까.

지리한 장마 끝에 서풍에 몰려가는 무서운 검은 구름의 터진 틈으로 언뜻언뜻 보이는 푸른 하늘은 누구의 얼굴입니까.

꽃도 없는 깊은 나무에 푸른 이끼를 거쳐서 옛 탑 위의 고요한 하늘을 스치는 알 수 없는 향기는 누구의 입김입니까.

근원을 알지도 못할 곳에서 나서 돌부리를 울리고 가늘게 흐르는 작은 시내는 굽이굽이 누구의 노래입니까.

연꽃 같은 발꿈치로 가이없는 바다를 밟고 옥 같은 손으로 끝없는 하늘을 만지면서 떨어지는 해를 곱게 단장하는 저녁놀은 누구의 시입니까.

*타고 남은 재가 다시 기름이 됩니다. 그칠 줄을 모르고 타는 나의 가슴은 누구의 밤을 지키는 약한 등불입니까.

바람도 없는 공중에~누구의 발자취입니까 오동잎이 떨어지는 자연의 현상과 그 근원인 임의 발자취는 같다. 이것은 곧 '바람도 없는 공중'을 자유자재로 움직이는 임의 초월적인 힘을 가리킨다. **타고 남은 재가 다시 기름이 됩니다** 재가 기름이 되려면 한시적인 인간으로서는 감히 생각조차 할 수 없는 긴 시간이 필요하다. 재가 기름이 되고 기름이 다시 재가 되는 영원함 속에 임은 변치 않고 살아 있다. 임을 향한 '그칠 줄을 모르고 타는 나의 가슴'은 유한하지 않고 영원하며, 그러므로 '타고 남은 재가 다시 기름이 됩니다'는 소멸이 아닌 새로운 생성이다.

갈래 자유시, 서정시 ｜ **성격** 낭만적, 관념적, 역설적 ｜ **어조** 경어체의 의문형, 연가풍의 여성적 어조 ｜ **표현의 특징** 암시적인 은유법과 문답법·상징법·반복법, 산문적 리듬의 사용, 시간의 흐름에 따른 전개 ｜ **주제** 임 또는 절대자를 향한 끊임없는 구도 정신, 진리를 추구하고자 하는 정신

'님'의 존재에 대한 깨달음의 과정을 내용으로 한 낭만적인 시다. 자연의 신비로운 아름다움 뒤에 있는 절대자에 대한 동경을 간절한 물음과 기원의 형식으로 표현했다. 이 작품은 기본적으로 불교의 윤회사상과 연기설(緣起說), 색즉시공(色卽是空)과 깊은 관련을 맺고 있지만, 그것이 작품 속에 완전히 녹아 있어 전혀 설법 같지 않고 도리어 감각적 실체로만 나타나 있다. 역설적이지만, 임은 존재하지 않으면서도 실은 항상 존재하는 것이다. 따라서 화자는 임의 영원함을 믿고 그 임을 위해 '그칠 줄을 모르고 타는' 약한 등불이 되겠다고 다짐한다.

님의 침묵

*님은 갔습니다. 아아 사랑하는 나의 님은 갔습니다.
푸른 산빛을 깨치고 단풍나무 숲을 향하여 난 작은 길을 걸어서,
차마 떨치고 갔습니다.
황금의 꽃같이 굳고 빛나던 옛 맹세는 차디찬 티끌이 되어서 한숨
의 미풍에 날아갔습니다.
날카로운 첫 키스의 추억은 나의 운명의 지침을 돌려놓고 뒷걸음
쳐서 사라졌습니다.
나는 향기로운 님의 말소리에 귀먹고 꽃다운 님의 얼굴에 눈멀었
습니다.
사랑도 사람의 일이라 만날 때에 미리 떠날 것을 염려하고 경계하
지 아니한 것은 아니지만, 이별은 뜻밖의 일이 되고 놀란 가슴은
새로운 슬픔에 터집니다.
그러나 이별을 쓸데없는 눈물의 원천으로 만들고 마는 것은 스스
로 사랑을 깨치는 것인 줄 아는 까닭에 걷잡을 수 없는 슬픔의 힘
을 옮겨서 새 희망의 정수박이에 들어부었습니다.
우리는 *만날 때에 떠날 것을 염려하는 것과 같이 떠날 때에 다시
만날 것을 믿습니다.
아아 *님은 갔지마는 나는 님을 보내지 아니하였습니다.
제 곡조를 못 이기는 사랑의 노래는 님의 침묵을 휩싸고 돕니다.

[*]**님은 갔습니다** '님'은 불교의 진리를 깨달은 절대자, 주권을 잃은 조국, 이성으로서의 애인 등 세 가지 뜻을 갖는다. [*]**만날 때에 떠날 것을 염려하는 것과 같이 떠날 때에 다시 만날 것을 믿습니다** 만남은 곧 헤어짐이요, 헤어짐은 곧 만남이라는 것, 다시 말해 이별은 끝이 아니라 또다른 만남으로 이어지는 시작임을 뜻한다. [*]**님은 갔지마는 나는 님을 보내지 아니하였습니다** '님'은 죽고 없지만 '나'의 마음속에 여전히 살아 있다는 뜻이다.

갈래 자유시, 서정시 │ **성격** 낭만적, 의지적, 상징적, 역설적 │ **어조** 영탄적이고 여성적인 어조, 경어체 **표현의 특징** 상징적 기법 사용, 다양한 감각적 이미지를 효과적으로 사용 │ **제재** 임과의 이별 │ **주제** 임을 향한 영원한 사랑

누구에게나 이별은 슬프고 괴로운 일이다. 이 시의 화자도 '님'을 '만날 때에 미리 떠날 것을 염려하고 경계했'지만, 그럼에도 겪게 된 이별 때문에 괴로워하고 슬퍼한다. 만남은 헤어짐을, 헤어짐은 만남을 전제로 한다. 따라서 헤어짐과 만남은 다른 것이 아니다. 그것을 깨닫는 순간 떠나갔다고 생각하던 '님'은 사실은 떠나간 것이 아니다. 이별한 '님'을 반드시 다시 만나게 되는 것이라면, '님'은 '나'를 떠난 것이 아니라 언제나 곁에 있다. 다만 '침묵'하고 있으므로 없는 것처럼 생각될 따름이다.

이별은 미(美)의 창조

*이별은 미의 창조입니다.

이별의 미는 아침의 바탕(質) 없는 황금과 밤의 올(絲) 없는 검은 비단과 죽음 없는 영원의 생명과 시들지 않는 하늘의 푸른 꽃에도 없습니다.

님이여 이별이 아니면 나는 눈물에서 죽었다가 웃음에서 다시 살아날 수가 없습니다. 오오 이별이여.

*미는 이별의 창조입니다.

*이별은 미의 창조입니다 역설법이다. 이별이라는 슬픔을 '미의 창조'라는 밝은 이미지로 표현했다. *미는 이별의 창조입니다 이별이 아름다움을 창조하는 것과 마찬가지로 아름다움도 이별에 의해 창조된다는 역설적 표현이다. 이런 표현으로 화자의 의도를 반복, 강조하고자 한 것이다.

갈래 자유시, 서정시 | **성격** 명상적, 사색적, 역설적 | **어조** 여성적 어조 | **표현의 특징** 이별=미(첫 행과 끝 행)를 통해 이별에 특별한 가치를 부여함. | **구성** 수미상관 | **제재** 이별 | **주제** 이별을 재생의 원천으로 찬송, 이별의 가치에 대한 역설적 예찬

이별이 있어야만 다시 만나는 아름다움을 기약할 수 있다는 역설의 미학이 담긴 작품이다. 이별은 번뇌의 씨앗이 되는 것으로, 특히 사랑하는 사람과의 이별은 그 당사자의 마음을 크게 아프게 한다. 이 작품의 화자는 그것을 '미의 창조'라고 했다. 화자에게 이별은 참으로 절실하여 그 마음을 온전히 사로잡는다. 그러나 이별은 임과의 단절이 아니라 좀더 차원 높은 만남을 위한 방법이다. 즉 이별은 임의 존재를 깨닫게 하는 계기가 된다. 따라서 이별이 없다면 임의 존재도 깨달을 수 없다. 이별은 만남이 있기 때문에 아름다운 것이다.

차라리

님이여 오셔요. 오시지 아니하려면 차라리 가셔요. 가려다 오고 오려다 가는 것은 *나에게 목숨을 빼앗고 죽음도 주지 않는 것입니다. 님이여 나를 책망하려거든 차라리 큰 소리로 말씀하여 주셔요. 침묵으로 책망하지 말고. 침묵으로 책망하는 것은 아픈 마음을 얼음 바늘로 찌르는 것입니다.

님이여 나를 아니 보려거든 차라리 눈을 돌려서 감으셔요. 흐르는 곁눈으로 흘겨보지 마셔요. 곁눈으로 흘겨보는 것은 *사랑의 보(褓)에 가시의 선물을 싸서 주는 것입니다.

---

*나에게 목숨을 빼앗고 죽음도 주지 않는 것입니다 오지 않으려면 차라리 가라는 것이다. '가려다 오고 오려다 가는 것'은, 죽어서도 안식을 얻지 못할 만큼 고통스러운 일이라는 뜻이다. *사랑의 보에 가시의 선물을 싸서 주는 것입니다 사랑의 선물인 줄 알고 받았는데, 그 속에 나를 고통스럽고 아프게 하는 것이 들어 있다는 뜻이다.

갈래 자유시, 서정시 | **성격** 직설적, 직접적 | **어조** 여성적 어조, 경어체 | **주제** 분명치 못한 임의 태도에 대한 원망

'가려다 오고 오려다 가는' 임의 태도에 대한 원망과 아픔을 표현한 시다. 오든지 가든지 분명하게 해달라는 것이다. '오려다 가는 것'은 목숨을 빼앗고 게다가 죽음조차 허락지 않는 고통스러운 일이니, 그럴 바에는 차라리 가라는 것이다. 상징적인 의미를 내포한 다른 시에 비해 매우 직설적이고 직접적인 어법으로 쓴 시다. 감추고 있는 내용이 없이 겉으로 다 드러나 있어, 추상적인 사랑의 노래보다 이해하기가 쉽다.

나의 길

*이 세상에는 길도 많기도 합니다.

산에는 돌길이 있습니다. 바다에는 뱃길이 있습니다. 공중에는 달과 별의 길이 있습니다.

강가에서 낚시질하는 사람은 모래 위에 발자취를 내입니다. 들에서 나물 캐는 여자는 방초(芳草)를 밟습니다.

악한 사람은 죄의 길을 좇아갑니다.

의(義)있는 사람은 옳은 일을 위하여는 칼날을 밟습니다.

서산에 지는 해는 붉은 놀을 밟습니다.

봄 아침의 맑은 이슬은 꽃머리에서 미끄럽습니다.

*그러나 나의 길은 이 세상에 둘밖에 없습니다.

하나는 님의 품에 안기는 길입니다.

그렇지 아니하면 죽음의 품에 안기는 길입니다.

그것은 만일 님의 품에 안기지 못하면 다른 길은 죽음의 길보다 험하고 괴로운 까닭입니다.

아아 나의 길은 누가 내었습니까.

아아 이 세상에는 님이 아니고는 나의 길을 낼 수가 없습니다.

그런데 나의 길을 님이 내었으면 죽음의 길은 왜 내셨을까요.

[*]**이 세상에는 길도 많기도 합니다** 세상에 여러 길이 있지만, 결국 '나의 길'은 둘밖에 없음을 강조하기 위한 말이다. [*]**그러나 나의 길은 이 세상에 둘밖에 없습니다** 화자에게는 임에 대한 변치 않는 사랑밖에 없다는 것을 말한다. 즉 이 구절은 화자의 내적 갈등을 보여주는 것이 아니라 자신에게는 '님의 품에 안기는 길' 하나밖에 없음을 말하고 있다.

갈래 자유시, 서정시 ┃ **어조** 경어체, 영탄적 어조 ┃ **표현의 특징** 대조와 활유를 통한 의미 전달, 대구(對句)와 같은 시어의 반복으로 인한 운율감, 전반부와 후반부의 대비 ┃ **제재** 길 ┃ **주제** 임에 대한 변치 않는 사랑

돌길, 뱃길, 공중의 달과 별의 길 등 이 세상에는 참으로 많은 길이 있다. 우리 모두에게도 각자 주어진 길이 있어 평생 그 길을 간다. 그 중 옳은 길을 가려면 희생을 피할 수 없다. 즉 '칼날을 밟'을 수밖에 없다. 옳은 길을 가다가 임의 품에 안겨 죽거나 아무 하는 일 없이 죽음의 품에 안기거나, 화자 앞에는 두 가지 길밖에 없다. '다른 길은 죽음의 길보다 험하고 괴로운 까닭'이다.

나룻배와 행인

*나는 나룻배
당신은 행인

당신은 흙발로 나를 짓밟습니다.
*나는 당신을 안고 물을 건너갑니다.
나는 당신을 안으면 깊으나 얕으나 급한 여울이나 건너갑니다.

만일 당신이 아니 오시면 나는 바람을 쐬고 눈비를 맞으며 밤에서
낮까지 당신을 기다리고 있습니다.
*당신은 물만 건너면 나를 돌아보지도 않고 가십니다그려.

그러나 *당신이 언제든지 오실 줄만은 알아요.
나는 당신을 기다리면서 날마다 날마다 낡아갑니다.

나는 나룻배
당신은 행인.

*나는 나룻배／당신은 행인 나룻배에 비유된 '나'는 구원의 수단 또는 불도(佛道), 행인에 비유된 '당신'은 구원의 대상이 되는 중생을 가리킨다. *나는 당신을 안고 물을 건너갑니다 중생을 구원하여 열반에 이르게 함을 뜻한다. *당신은 물만 건너면 나를 돌아보지도 않고 가십니다그려 '나'는 속세의 번뇌를 겪으며 모든 중생이 구원되기를 기다리고 있으나, 무심하게도 중생은 불도의 은혜를 잊어버리기 일쑤다. *당신이 언제든지 오실 줄만은 알아요 '당신'은 진리의 소중함을 깨닫고 반드시 돌아오리라 믿는다.

갈래 자유시, 서정시 ｜ **성격** 명상적, 상징적, 종교적 ｜ **어조** 경어체의 경건한 어조. 여성적 어조
표현의 특징 '당신'을 위한 헌신적 기다림이 은유를 통해 잘 드러나 있음. ｜ **구조** 수미상관 ｜ **제재** 나룻배, 행인 ｜ **주제** 인내와 희생을 통한 사랑의 실천. 참된 사랑의 본질인 희생과 믿음

나룻배와 행인에 비유하여 희생과 믿음을 본질로 한 참된 사랑에 대해 이야기하고 있다. 이 작품을 불교적으로 풀이하면, 나룻배인 '나'는 자비를 베풀어 세속에 찌든 중생인 '당신'을 구제한다. 그런데 여기서 중요한 것은 중생을 구제하는 자비로운 행위 그 자체가 아니라 그 행위를 하기까지의 기다림이다. '흙발로 나를 짓밟'고, '물만 건너면 나를 돌아보지도 않고' 가버린다 해도 참고 기다리는 무한한 인내심, 무조건적인 희생과 사랑의 의지가 바로 불법이 추구하는 대자대비(大慈大悲)의 정신이다.

나는 잊고자

남들은 님을 생각한다지만
*나는 님을 잊고자 하여요.
잊고자 할수록 생각하기로
행여 잊힐까 하고 생각하여 보았습니다.

잊으려면 생각하고
생각하면 잊히지 아니하니
잊도 말고 생각도 말아 볼까요.
잊든지 생각든지 내버려두어 볼까요.
그러나 그리도 아니되고
끊임없는 생각생각에 님뿐인데 어찌하여요.

구태여 잊으려면
잊을 수 없는 것은 아니지만
*잠과 죽음뿐이기로
님 두고는 못하여요.

아아 잊히지 않는 생각보다
잊고자 하는 그것이 더욱 괴롭습니다.

***나는 님을 잊고자 하여요** 여기서의 '님'은 불교의 교리와는 상관없는, 단순하게 사랑하는 사람이다. ***잠과 죽음뿐이기로 / 님 두고는 못하여요** '잠과 죽음'이 뜻하는 바는 임을 잊으려는 생각조차 하지 않는 의식의 정지다. 그런데 화자는 '님 두고는 못하여요'라고 하여 '잠과 죽음'으로 임을 잊고 싶지는 않다고 말하고 있다.

갈래 자유시, 서정시 | **성격** 역설적, 고백적 | **어조** 여성적 어조, 경어체 | **표현의 특징** 연쇄법으로 화자의 마음을 효과적으로 드러냄. | **주제** 임에 대한 그리움, 잊히지 않는 임을 향한 사랑의 마음

임을 잊고 싶지만 잊을 수 없는 괴로움을 노래하고 있는 시다. 사랑에 빠져본 사람이라면 '잊히지 않는 생각'보다 '잊고자 하는 그것'이 더욱 괴롭다는 화자의 고백이 이해될 것이다. '잊으려면 생각하고 / 생각하면 잊히지 아니하니', 화자는 '잠과 죽음'을 통해서만 잊을 수 있는 임에 대한 그리움을 '잊고자' 한다는 반어로 노래하는 것이다.

복종

남들은 자유를 사랑한다지만 나는 복종을 좋아하여요.
자유를 모르는 것은 아니지만 *당신에게는 복종만 하고 싶어요.
*복종하고 싶은데 복종하는 것은 아름다운 자유보다도 달콤합니다.
그것이 나의 행복입니다.

그러나 당신이 나더러 다른 사람을 복종하라면 그것만은 복종할 수
가 없습니다.
*다른 사람을 복종하려면 당신에게 복종할 수가 없는 까닭입니다.

*당신에게는 복종만 하고 싶어요 이 시에서 '당신'은 절대자를 가리킨다. 절대자에게 복종하려는 마음은 자발적·능동적인 것이다. *복종하고 싶은 데 복종하는 것은 아름다운 자유보다도 달콤합니다 자발적인 의지에 의한 복종이 홀가분한 자유보다 더 행복감을 느끼게 한다는 뜻이다. *다른 사람을 복종하려면 당신에게 복종할 수가 없는 까닭입니다 '아름다운 자유'보다 '복종'을 택하는 화자의 행동을 논리적으로 설명한 부분으로 이 시의 결론에 해당한다.

갈래 자유시, 서정시 │ **성격** 낭만적, 의지적, 역설적, 고백적 │ **어조** 연가풍의 여성적 어조 │ **표현의 특징** 불교적 명상을 바탕으로 낭만적 시풍과 여성 편향적 연가풍의 경향 │ **제재** 복종 │ **주제** 임에 대한 복종, 절대자에의 복종의 기쁨

화자는 '당신'에게는 '복종만 하고 싶'지만 '다른 사람'에게 복종하라는 말에는 복종할 수가 없다고 한다. '다른 사람에게 복종하려면 당신에게 복종할 수가 없는 까닭'이다. 이 시에서의 복종은 강요에 의한 굴종이나 속박이 아니라 내가 당신을 사랑하기 때문에 하는 자발적이며 능동적인 것이다. 따라서 그것은 사랑을 위한 희생이며 헌신이다.

거짓 이별

당신과 나의 이별한 때가 언제인지 아십니까.
가령 *우리가 좋을 대로 말하는 것과 같이 거짓 이별이라 할지라
도 나의 입술이 당신의 입술에 닿지 못하는 것이 사실입니다.
이 거짓 이별은 언제 우리에게서 떠날 것인가요.
한 해 두 해 가는 것이 얼마 아니 된다고 할 수가 없습니다.
시들어가는 두 볼의 도화(桃花)가 무정한 봄바람에 몇 번이나 스쳐
서 낙화가 될까요.
*회색이 되어가는 두 귀밑의 푸른 구름이 쪼이는 가을볕에 얼마나
바래서 백설이 될까요.

머리는 희어가도 마음은 붉어갑니다.
*피는 식어가도 눈물은 더워갑니다.
사랑의 언덕엔 사태가 나도 희망의 바다엔 물결이 뛰놀아요.

이른바 거짓 이별이 언제든지 우리에게서 떠날 줄만은 알아요.
*그러나 한 손으로 이별을 가지고 가는 날(日)은 또 한 손으로 죽음
을 가지고 와요.

*우리가 좋을 대로 말하는 것과 같이 거짓 이별이라 할지라도 화자가 이별에 대해 어떻게 생각하고 있는지 드러나 있는 부분으로 제목이 뜻하는 바를 알 수 있다. 화자의 이런 생각은 이별 중에도 '당신'에 대한 변치 않는 사랑과 재회를 확신할 수 있는 바탕이 된다. *회색이 되어가는 두 귀밑의 푸른 구름 푸른 기마저 도는 검은 머리가 '회색이 되어'간다는 것은 늙어감을 뜻한다. *피는 식어가도 눈물은 더워갑니다 나이가 들어도 사랑하는 사람에 대한 마음은 변함없다는 것을 가리킨 것이다. *그러나 한 손으로 이별을 가지고 가는 날은 또 한 손으로 죽음을 가지고 와요 '당신'과 다시 만날 것을 굳게 믿고 있지만, 만약 정말로 이별이 온다면 그 순간은 바로 '나'의 죽음을 의미한다는 뜻이다.

갈래 자유시, 서정시 | **성격** 의지적, 역설적, 감각적 | **표현의 특징** 다양한 감각적 대비를 통해 화자의 처지와 정서를 드러냄. | **어조** 여성적 어조, 경어체 | **제재** 임과의 이별 | **주제** 임에 대한 변치 않는 사랑과 재회에 대한 소망

임과 헤어져 지내는 상황을 거짓으로 이별한 것이라고 믿으며, 임에 대한 변치 않는, 절대적인 사랑을 노래하고 있는 시다. 이별로 아예 사이가 멀어지는 사람들도 있는데, 화자는 몸은 헤어져 있어도 임을 보고 싶은 마음은 날로 간절해진다. 따라서 그 이별은 '정말'이 아니라 '거짓 이별'인 것이다.

당신을 보았습니다

*당신이 가신 뒤로 나는 당신을 잊을 수가 없습니다.
까닭은 당신을 위하느니보다 나를 위함이 많습니다.

나는 갈고 심을 땅이 없으므로 추수가 없습니다.
저녁거리가 없어서 조나 감자를 꾸러 이웃집에 갔더니 주인은 '거지는 인격이 없다. 인격이 없는 사람은 생명이 없다. 너를 도와주는 것은 죄악이다'고 말하였습니다.
그 말을 듣고 돌아나올 때에 쏟아지는 눈물 속에서 당신을 보았습니다.

나는 집도 없고 다른 까닭을 겸하여 민적(民籍)이 없습니다.
*'민적 없는 자는 인권이 없다. 인권이 없는 너에게 무슨 정조냐' 하고 능욕하려는 장군이 있었습니다.
그를 항거한 뒤에 남에게 대한 격분이 스스로의 슬픔으로 화하는 찰나에 당신을 보았습니다.
*아아 온갖 윤리, 도덕, 법률은 칼과 황금을 제사지내는 연기(煙氣)인 줄을 알았습니다.
*영원의 사랑을 받을까, 인간 역사의 첫 페이지에 잉크 칠을 할까, 술을 마실까 망설일 때에 당신을 보았습니다.

*당신이 가신 뒤로 나는 당신을 잊을 수가 없습니다 일제에 주권을 빼앗긴 뒤에야 조국의 소중함을 깨닫게 되었음을 말한다. *민적 없는 자는 인권이 없다 '민적'은 오늘날의 호적과 같은 것이다. '민적 없는 자'는 '거지'와 마찬가지로 나라 잃은 우리 민족을 가리킨다. *아아 온갖 윤리, 도덕, 법률은 칼과 황금을 제사지내는 연기인 줄을 알았습니다 모든 사회의 규범은 지배자의 권력과 부를 정당화시키는 것임을 깨닫게 되었다는 의미다. *영원의 사랑을 받을까, 인간 역사의 첫 페이지에 잉크칠을 할까, 술을 마실까 세상 저 너머 피안에 존재할 것이라 생각되는 초월적인 진리 속으로 물러갈까, 역사를 그 근본에서부터 부정해버릴까, 몽롱한 상태로 현실에서 도피할까.

갈래 자유시, 서정시 │ **성격** 상징적, 명상적, 산문적 │ **어조** 여성적 어조, 경어체 │ **표현의 특징** 대화체의 직설적 표현에 구체적 현실을 나타내기 위한 상징적 표현을 사용함으로써 간절한 소망을 드러냄. │ **제재** 당신 │ **주제** 조국을 잃은 절망적 현실을 희망과 의지로 극복하고 참된 삶의 가치를 추구함.

'당신'이 가신 절망적 현실에서는 '땅'이 없음으로써 '추수'가 없고, '인격'이 없음으로써 '생명'이 없고, '민적'이 없음으로써 '인권'이 없다. '나'는 마치 거지처럼 멸시당하고, 결국은 인권과 정조까지도 능욕당하는 지경에 이른다. 그때 '당신'을 보게 된다. 당시의 시대상황 등을 보면 '당신'은 바로 일제에 빼앗긴 나라다. 사람들은 모두 차마 그 빼앗긴 나라를 잊을 수가 없다.

찬송

*님이여 당신은 백 번이나 단련한 금결입니다.
*뽕나무 뿌리가 산호가 되도록 천국의 사랑을 받읍소서.
 님이여 사랑이여 아침볕의 첫걸음이여.

 님이여 당신은 의(義)가 무겁고 황금이 가벼운 것을 잘 아십니다.
 거지의 거친 밭에 복의 씨를 뿌리옵소서.
 님이여 사랑이여 옛 오동의 숨은 소리여.

 님이여 당신은 봄과 광명과 평화를 좋아하십니다.
 약자의 가슴에 눈물을 뿌리는 자비의 보살이 되옵소서.
*님이여 사랑이여 얼음 바다에 봄바람이여.

님이여 당신은 백 번이나 단련한 금결입니다 백 번이나 단련한 금처럼 순수하고 고귀한 존재가 바로 '님'이다. 고귀하고, 변함없고, 또한 가치의 기준이 된다는 점에서 금은 진리와 닮았다. 따라서 화자에게 '님'은 절대권위를 가진 진리의 존재다. *뽕나무 뿌리가 산호가 되도록 천국의 사랑을 받읍소서* 뽕나무 뿌리가 바닷물에 잠겨 긴 세월이 지나면 혹시 산호로 변할 수 있을지 모른다. 즉 영원무궁토록 천국의 사랑을 받으라는 뜻이다.
님이여 사랑이여 얼음 바다에 봄바람이여 '님'은 얼어붙은 듯한 차가운 세상을 녹여줄 봄바람처럼 자애로운 존재다.

갈래 자유시, 서정시 | **성격** 기원적, 낭만적, 상징적, 종교적 | **심상** 시각적(첫째 연), 청각적(둘째 연), 촉각적(셋째 연) 심상 | **어조** 열정적, 여성적 어조 | **표현의 특징** 돈호법, 반복법, 영탄법, 은유법 | **제재** 임 | **주제** 임에 대한 찬송 및 송축과 기원

제목 그대로 임에 대한 찬송을 노래한 시지만, 임의 존재는 분명하게 드러나지 않는다. 그것은 사랑하는 사람일 수도 있고, 우주를 지배하는 근본 원리일 수도 있으며, 조국이나 민족일 수도 있는 그 어떤 존재일 것이다. 그 존재를 첫째 연에서는 '아침볕의 첫걸음', 둘째 연에서는 '옛 오동의 숨은 소리', 셋째 연에서는 '얼음 바다에 봄바람'으로 비유하고 있다.

가지 마셔요

그것은 어머니의 가슴에 머리를 숙이고 아기자기한 사랑을 받으려고 삐죽거리는 입술로 표정하는 어여쁜 아기를 싸안으려는 사랑의 날개가 아니라 적의 깃발입니다.

그것은 자비의 *백호광명(白毫光明)이 아니라 번득거리는 악마의 눈빛입니다.

그것은 면류관(冕旒冠)과 황금의 누리와 죽음과를 본 체도 아니하고 몸과 마음을 돌돌 뭉쳐서 사랑의 바다에 퐁당 넣으려는 사랑의 여신이 아니라 *칼의 웃음입니다.

아아 님이여 위안에 목마른 나의 님이여 걸음을 돌리셔요 거기를 가지 마셔요 나는 싫어요.

대지의 음악은 무궁화 그늘에 잠들었습니다.

광명의 꿈은 검은 바다에서 자맥질합니다.

무서운 침묵은 만상(萬像)의 속살거림에 서슬이 푸른 교훈을 나리고 있습니다.

아아 님이여 이 새 생명의 꽃에 취하려는 나의 님이여 걸음을 돌리셔요 거기를 가지 마셔요 나는 싫어요.

거룩한 천사의 세례를 받은 순결한 청춘을 똑 따서 그 속에 자기의 생명을 넣어서 그것을 사랑의 제단에 제물로 드리는 어여쁜 처녀가 어디 있어요.
달콤하고 맑은 향기를 꿀벌에게 주고 다른 꿀벌에게 주지 않는 이상한 백합꽃이 어디 있어요.
자신의 전체를 죽음의 청산(靑山)에 장사지내고 흐르는 빛으로 밤을 두 조각에 베는 반딧불이 어디 있어요.
아아 님이여 정(情)에 순사(殉死)하려는 나의 님이여 걸음을 돌리셔요 거기를 가지 마셔요 나는 싫어요.

*그 나라에는 허공이 없습니다.
그 나라에는 그림자 없는 사람들이 전쟁을 하고 있습니다.
그 나라에는 우주만상의 모든 생명의 쇳대를 가지고 척도를 초월한 삼엄한 궤율(軌律)로 진행하는 위대한 시간이 정지되었습니다.
아아 님이여 죽음을 방향(芳香)이라고 하는 나의 님이여 걸음을 돌리셔요 거기를 가지 마셔요 나는 싫어요.

***백호광명** 석가모니는 눈썹 가운데 흰 털, 곧 백호가 있었는데, 거기서 나온 빛이 우주와 삼라만상을 두루 비추었다. ***칼의 웃음** 생명에 반하고 진리에 반하는, '칼'이 상징하는 악마가 만드는 상황을 가리킨다. '사랑의 여신'에 반대되는 개념이다. ***그 나라에는 허공이 없습니다** 임이 가려고 하는 '거기'는 진리로 가득 차 있으므로 허공이 없다.

갈래 자유시, 서정시 | **성격** 의지적, 감각적, 역설적 | **어조** 여성적 어조, 경어체 | **표현의 특징** 돈호법, 반복법 | **주제** 임을 향한 절대적인 사랑

화자는 임에게 '거기'에 가지 말라고, 걸음을 돌리라고 호소한다. '거기'는 진리로 가득 차 있지만, 한편으로는 매우 비정한 공간이다. 임을 향한 화자의 절대적 사랑이 부정되는 곳이다. '거기'서는 남녀 사이의 절절한 사랑 같은 것은 가치가 없다. 그래서 화자는 '나의 님이여 걸음을 돌리셔요 거기를 가지 마셔요 나는 싫어요' 하고 반복해서 호소한다.

고적한 밤

하늘에는 달이 없고 땅에는 바람이 없습니다.
*사람들은 소리가 없고 나는 마음이 없습니다.

우주는 죽음인가요.
인생은 잠인가요.

한 가닥은 눈썹에 걸치고 한 가닥은 작은 별에 걸쳤던 님 생각의
금실은 살살살 겉힙니다.
*한 손에는 황금의 칼을 들고 한 손으로 천국의 꽃을 꺾던 환상의
여왕도 그림자를 감추었습니다.

아아 *님 생각의 금실과 환상의 여왕이 두 손을 마주잡고 눈물의
속에서 정사(情死)한 줄이야 누가 알아요.

우주는 죽음인가요.
인생은 눈물인가요.
인생이 눈물이면
죽음은 사랑인가요.

***사람들은 소리가 없고 나는 마음이 없습니다** 불교에서는 혼자일 때 부처가 되는 지혜를 얻기 위해 어떤 경지에 머물러 흐트러짐이 없는 상태에 들어간다. 따라서 시인은 아무도 없는 '고적한 밤'에 인생과 우주의 근본 철리를 추구하다가 이 시의 주제가 되는 생각을 얻은 것이다. ***한 손에는 황금의 칼을 들고 한 손으로 천국의 꽃을 꺾던 환상의 여왕** 불법을 지키고 전파하는 것은 '황금의 칼'로, 불법의 경지는 '환상의 여왕'으로 상징했다. ***님 생각의 금실과~누가 알아요** '님 생각의 금실'과 '환상의 여왕'이 '두 손을 마주잡고 눈물의 속에서 정사했'다는 것은, 세속적인 것과 불법의 경지 둘 다 의미 없이 된 미혹의 상태를 가리킨다.

갈래 자유시, 서정시 │ **성격** 감각적, 상징적 │ **표현의 특징** 어조나 어세가 비슷한 구절들을 짝지어 나란히 배열하는 대구법 │ **어조** 여성적 어조, 경어체의 의문형 │ **제재** 고적한 밤 │ **주제** 변치 않는 진리의 추구

'하늘에는 달이 없고 땅에는 바람이 없'는 '고적한 밤'. 화자는 혼자서 쓸쓸하게 밤을 맞았다. 그 혼자인 자리에서 화자는 우주와 인생에 대해 생각하고 또 생각한다. 죽음, 잠, 눈물, 사랑… 화자는 변치 않는 우주와 인생의 철리를 추구하고 있다.

길이 막혀

당신의 얼굴은 달도 아니언만
산 넘고 물 넘어 나의 마음을 비춥니다.

나의 손길은 왜 그리 짧아서
눈앞에 보이는 당신의 가슴을 못 만지나요.

당신이 오기로 못 올 것이 무엇이며
내가 가기로 못 갈 것이 없지마는
*산에는 사다리가 없고
물에는 배가 없어요.

뉘라서 사다리를 떼고 배를 깨뜨렸습니까.
*나는 보석으로 사다리를 놓고 진주로 배 모아요.
오시려도 길이 막혀서 못 오시는 당신이 그리워요.

＊산에는 사다리가 없고 / 물에는 배가 없어요 임에게로 갈 방법이 어디에도 없음을 안타까워하는 것이다. '길이 막혀서 못 오시는' 임에 대한 절절한 그리움을 표현한 부분이다. **＊나는 보석으로 사다리 놓고 진주로 배 모아요** '사다리를 떼고 배를 깨뜨린' 대상에 대한 적대감을 표시하기보다는 임을 만나기 위한 구체적인 노력을 제시한 것이다.

갈래 자유시, 서정시 │ **성격** 고백적, 의지적 │ **어조** 여성적 어조, 경어체 │ **주제** 임을 향한 그리움

임은 내 마음까지 비추는데, 나는 여러모로 부족해서 임을 만질 수가 없다. 임과 나는 얼마든지 서로 오고갈 마음이 있지만, 둘 사이를 방해하는 대상은 '사다리를 떼고 배를 깨뜨려' 산길, 물길을 막았다. 나는 임을 만나기 위해, 산에는 보석으로 사다리를 만들어 걸고 물에는 진주로 배를 만들어 띄운다. 그러면서 한편으로는, 오고 싶어도 길이 막혀 못 오는 임이 그립고 또 그립다.

자유정조(自由貞操)

내가 당신을 기다리고 있는 것은 기다리고자 하는 것이 아니라 기다려지는 것입니다.
말하자면 *당신을 기다리는 것은 정조보다도 사랑입니다.

남들은 나더러 시대에 뒤진 낡은 여성이라고 삐죽거립니다. 구구한 정조를 지킨다고.
그러나 나는 시대성을 이해하지 못하는 것도 아닙니다.
인생과 정조의 심각한 비판을 하여보기도 한두 번이 아닙니다.
자유연애의 신성(?)을 덮어놓고 부정하는 것도 아닙니다.
대자연을 따라서 *초연(超然) 생활을 할 생각도 하여 보았습니다.

그러나 구경(究竟), 만사가 다 저의 좋아하는 대로 말한 것이요, 행한 것입니다.
나는 님을 기다리면서 괴로움을 먹고 살이 찝니다. 어려움을 입고 키가 큽니다.
*나의 정조는 '자유정조'입니다.

*당신을 기다리는 것은 정조보다도 사랑입니다 정조를 지키기 위해서가 아니라 사랑하기 때문에 임을 기다린다는 말이다. *초연 생활을 할 생각도 하여 보았습니다 '현실에서 벗어나 일상에 얽매이지 않고 자유롭게 살 생각도 해보았다'는 뜻이다. *나의 정조는 '자유정조'입니다 보통 사람들이 정조를 지킨다는 것은 의무감 때문일 경우가 많다. 그 반면, 화자는 오직 한 가지 사랑만이 정조의 기준이 된다. 화자는 사랑을 위해서라면 다른 어떤 것에도 얽매이지 않는다. 따라서 화자의 정조는 '자유정조'다.

갈래 자유시, 서정시 │ **성격** 산문적, 의지적 │ **어조** 여성적 어조, 경어체 │ **주제** 정조의 자유

정조를 지키려면 자유는 억제해야 한다. 이 시의 제목에 있는 '자유'는 그런 자유와는 정반대의 의미를 지닌다. 내가 임에게 정조를 지키는 것은 내 '자유'다. 내가 '당신을 기다리는 것은 정조보다도 사랑' 때문이다.

하나가 되어 주서요

님이여 *나의 마음을 가져가려거든 마음을 가진 나한지 가져가서
요. 그리하여 나로 하여금 님에게서 하나가 되게 하서요.
그렇지 아니하거든 나에게 고통만을 주지 마시고 님의 마음을 다
주서요. 그리고 마음을 가진 님한지 나에게 주서요. 그래서 *님으
로 하여금 나에게서 하나가 되게 하서요.
그렇지 아니하거든 나의 마음을 돌려보내 주서요. 그리고 나에게
고통을 주서요.
그러면 나는 나의 마음을 가지고 님의 주시는 고통을 사랑하겠습
니다.

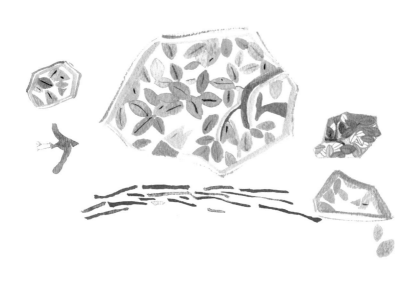

*나의 마음을 가져가려거든 마음을 가진 나한지 가져가셔요 몸과 마음을 다 바친 화자를 두고 임은 멀리 가버렸다. 그로 인한 고통은 무엇이라 표현하기가 힘들어, '마음을 가진' 내 몸까지 가져가라고 애원한다. *님으로 하여금 나에게서 하나가 되게 하셔요 '마음을 가진' 임의 몸까지 나에게 주어 임과 내가 '하나가 되게' 해달라는 말이다.

갈래 자유시, 서정시 | 성격 고백적, 의지적 | 어조 여성적 어조, 경어체 | 주제 임과 하나가 되고 싶은 마음

사랑과 이별, 만남과 헤어짐을 초월한 높은 차원의 '님'과 하나가 되기를 갈망하는 시다. 임과는 달리 세속적인 사랑에서 헤어나지 못하고 있는 화자는 사무치는 그리움을 절절하게 고백하며, 임과 하나가 되지 못할 바에는 아예 고통과 함께 자기 마음을 돌려보내 달라고 한다. 그 마음을 가지고 '님의 주시는 고통'까지 사랑하겠다는 것이다.

나의 노래

나의 노랫가락의 고저장단은 대중이 없습니다.
그래서 세속의 노래 곡조와는 조금도 맞지 않습니다.
그러나 나는 *나의 노래가 세속 곡조에 맞지 않는 것을 조금도 애달파하지 않습니다.
나의 노래는 세속의 노래와 다르지 아니하면 아니 되는 까닭입니다.
곡조는 노래의 결함을 억지로 조절하려는 것입니다.
*곡조는 부자연한 노래를 사람의 망상으로 도막쳐놓는 것입니다.
참된 노래에 곡조를 붙이는 것은 노래의 자연에 치욕입니다.
님의 얼굴에 단장을 하는 것이 도리어 흠이 되는 것과 같이 나의 노래에 곡조를 붙이면 도리어 결점이 됩니다.

나의 노래는 사랑의 신(神)을 울립니다.
나의 노래는 처녀의 청춘을 쥐어짜서 보기도 어려운 맑은 물을 만듭니다.
나의 노래는 님의 귀에 들어가서는 천국의 음악이 되고 님의 꿈에 들어가서는 눈물이 됩니다.

나의 노래가 산과 들을 지나서 멀리 계신 님에게 들리는 줄을 나는 압니다.

나의 노랫가락이 바르르 떨다가 소리를 이루지 못할 때에 나의 노래가 님의 눈물겨운 고요한 환상으로 들어가서 사라지는 것을 나는 분명히 압니다.

나는 나의 노래가 님에게 들리는 것을 생각할 때에 광영에 넘치는 나의 작은 가슴은 발발발 떨면서 침묵의 음보(音譜)를 그립니다.

***나의 노래가 세속 곡조에 맞지 않는 것을 조금도 애달파하지 않습니다** 일반적인 노래는 악보가 있는데, '나의 노래'는 거기에 구애받지 않고 절대적인 가치를 추구하고 있다는 뜻이다. ***곡조는 부자연한 노래를 사람의 망상으로 도막쳐놓는 것입니다** 일반적인 노래의 악보는 사람들의 망상 때문에 신성한 경지를 노래하는 데 방해가 된다.

갈래 자유시, 서정시 │ **성격** 철학적, 관념적 │ **표현의 특징** 세속의 노래와 대비하여 나의 노래의 초월성 강조 │ **제재** 나의 노래 │ **주제** 참다운 사랑의 초월적 가치 추구

화자는 자신의 노래가 악보에 구애받는 일반적인 노래의 곡조와 맞지 않는다고 말한다. 그러나 그것을 '조금도 애달파하지 않는'다. 자신의 노래는 세속의 노래와는 달라야 하기 때문이다. 신의 시가 다른 사람의 것과 다른 점을 읊고 있는, 한용운의 시론(詩論)이라고도 할 수 있는 시다.

예술가

나는 서투른 화가여요.
*잠 아니 오는 잠자리에 누워서 손가락을 가슴에 대고 당신의 코와 입과 두 볼에 샘 파지는 것까지 그렸습니다.
그러나 언제든지 작은 웃음이 떠도는 당신의 눈자위는 그리다가 백 번이나 지웠습니다.

나는 *파겁(破怯) 못한 성악가여요.
이웃 사람도 돌아가고 버러지 소리도 그쳤는데 당신의 가르쳐주시던 노래를 부르려다가 조는 고양이가 부끄러워서 부르지 못하였습니다.
그래서 가는 바람이 문풍지를 스칠 때에 가만히 합창하였습니다.

나는 서정시인이 되기에는 너무도 소질이 없나 봐요.
'즐거움'이니 '슬픔'이니 '사랑'이니 그런 것은 쓰기 싫어요.
당신의 얼굴과 소리와 걸음걸이와를 그대로 쓰고 싶습니다.
그리고 당신의 집과 침대와 꽃밭에 있는 작은 돌도 쓰겠습니다.

*잠 아니 오는~그렸습니다 종이나 캔버스에 그려야 할 그림을 화자는 손가락으로 가슴에 그린다. 이는 마음으로 그리는 그림이다. *파겁 어떤 일에 익숙해지면 그에 대해 두려움이나 부끄러움이 없어지는 상태를 말한다. 따라서 '파겁 못한 성악가'는 두려움이나 부끄러움 때문에 가진 바 능력을 제대로 발휘하지 못하는 성악가다.

갈래 자유시, 서정시 │ **성격** 고백적, 상징적, 역설적 │ **어조** 여성적 어조, 경어체 │ **제재** 예술가 │ **주제** 나라 잃은 슬픔

잠 안 오는 밤, 화자는 잠자리에 누워 가슴에 손가락을 대고 '님'의 얼굴을 그린다. 코와 입, 볼의 보조개까지 그렸지만, 눈자위는 못 그려서 '그리다가 백 번이나 지웠'다. 마지막 셋째 연에서 화자는 서정시인이 되기에는 자신이 너무도 소질이 없다고 고백한다. 그러나 소질이 없는 것이 아니라, 나라를 잃은 시대에 차마 즐거움이니 슬픔이니 사랑 따위를 쓰는 서정시인이 될 수 없는 것이다. 비로소 독자는 '언제든지 작은 웃음이 떠도는 당신의 눈자위'를 그리지 못한 화자의 심경을 이해할 수 있게 된다.

당신이 아니더면

당신이 아니더면 포시럽고 매끄럽던 얼굴이 왜 주름살이 잡혀요.
당신이 그립지만 않다면 언제까지라도 나는 늙지 아니할 테여요.
맨 첨에 당신에게 안기던 그때대로 있을 테여요.

그러나 늙고 병들고 죽기까지라도 당신 때문이라면 나는 싫지 않
아요.
나에게 생명을 주든지 죽음을 주든지 당신의 뜻대로만 하셔요.
*나는 곧 당신이어요.

*나는 곧 당신이어요 임이 곧 나고 내가 곧 임이라는 자기동일성을 나타낸 것이다. 화자의 임을 향한 사랑은 그
만큼 헌신적·몰아적(沒我的)이다.

갈래 자유시, 서정시 │ **성격** 고백적, 의지적 │ **어조** 여성적 어조, 경어체 │ **주제** 임을 향한 헌신적·몰아적
사랑

첫째 연에서는 '님' 때문에 부드럽고 매끄럽던 얼굴에 주름살이 생기고 늙어가는 데 대한 원망을 토로한다. 임
이 그립지 않다면 나는 언제까지라도 늙지 않을 수 있다. '맨 첨에 당신에게 안기던 그때'처럼 젊은 상태로
있을 것이다. 그런데 둘째 연에서 그 생각을 뒤집었다. 임을 그리워하다가 늙고 병들어 죽더라도 나는 상관없
다. 나를 죽이든 살리든 뜻대로 해라. 내가 곧 '당신'이다. 임을 향한 화자의 사랑은 자신을 잊을 만큼 열정적이
고 헌신적이므로, 무엇이 어떻게 되든 두렵지 않다는 것이다.

이별

아아 사람은 약한 것이다 여린 것이다 간사한 것이다.
이 세상에는 진정한 사랑의 이별은 있을 수가 없는 것이다.
죽음으로 사랑을 바꾸는 님과 님에게야 무슨 이별이 있으랴.
*이별의 눈물은 물거품의 꽃이요 도금(鍍金)한 금방울이다.

칼로 벤 이별의 '키스'가 어디 있느냐.
생명의 꽃으로 빚은 이별의 두견주(杜鵑酒)가 어디 있느냐.
피의 홍보석으로 만든 이별의 기념반지가 어디 있느냐.
이별의 눈물은 저주의 마니주(摩尼珠)요 거짓의 수정(水晶)이다.

사랑의 이별은 이별의 반면에 반드시 이별하는 사랑보다 더 큰 사
랑이 있는 것이다.
혹은 직접의 사랑은 아닐지라도 간접의 사랑이라도 있는 것이다.
다시 말하면 이별하는 애인보다 자기를 더 사랑하는 것이다.
만일 애인을 자기의 생명보다 더 사랑한다면 무궁(無窮)을 회전하
는 시간의 수레바퀴에 이끼가 끼도록 사랑의 이별은 없는 것이다.

아니다 아니다, '참'보다도 참인 님의 사랑엔 죽음보다도 이별이
훨씬 위대하다.

죽음이 한 방울의 찬 이슬이라면 이별은 일천 줄기의 꽃비다.

죽음이 밝은 별이라면 이별은 거룩한 태양이다.

생명보다 사랑하는 애인을 사랑하기 위하여는 죽을 수가 없는 것이다.

진정한 사랑을 위하여는 괴롭게 사는 것이 죽음보다도 더 큰 희생이다.

이별은 사랑을 위하여 죽지 못하는 가장 큰 고통이요 보은(報恩)이다.

애인은 이별보다 애인의 죽음을 더 슬퍼하는 까닭이다.

사랑은 붉은 촛불이나 푸른 술에만 있는 것이 아니라 먼 마음을 서로 비치는 무형(無形)에도 있는 까닭이다

그러므로 사랑하는 애인을 죽음에서 잊지 못하고 이별에서 생각하는 것이다.

그러므로 사랑하는 애인을 죽음에서 웃지 못하고 이별에서 우는 것이다.

그러므로 애인을 위하여는 이별의 원한을 죽음의 유쾌(愉快)로 갚지 못하고 슬픔의 고통으로 참는 것이다.

그러므로 사랑은 차마 죽지 못하고 차마 이별하는 사랑보다 더 큰 사랑은 없는 것이다.

*그리고 진정한 사랑은 곳이 없다.

진정한 사랑은 애인의 포옹만 사랑할 뿐 아니라 애인의 이별도 사랑하는 것이다.

그리고 진정한 사랑은 때가 없다.

진정한 사랑은 간단(間斷)이 없어서 이별은 애인의 육(肉)뿐이요 사랑은 무궁이다.

아아 진정한 애인을 사랑함에는 죽음은 칼을 주는 것이요 이별은 꽃을 주는 것이다.

아아 이별의 눈물은 진(眞)이요 선(善)이요 미(美)다.

아아 이별의 눈물은 석가요 모세요 잔다르크다.

*이별의 눈물은 물거품의 꽃이요 도금한 금방울이다 금방 없어질 물거품은 꽃이 될 수 없고, 도금한 금방울은 원래 바탕이 다르므로 진짜가 아니다. 따라서 '이별의 눈물'은 허무한 것, 참이 아닌 거짓을 뜻한다. *그리고 진정한 사랑은 곳이 없다 […] 그리고 진정한 사랑은 때가 없다 '진정한 사랑'은 나보다 남을 더 아끼는 높은 차원의 사랑이다. 그런 사랑에는 공간과 시간의 한계가 없다는 뜻이다.

갈래 자유시, 서정시 | **성격** 감각적, 상징적 | **표현의 특징** 영탄법, 은유법 | **제재** 이별 | **주제** 진정한 사랑

사랑하기 때문에 이별한다는 것은 말이 안 된다. 더러는 진정으로 사랑한다면서 이별하는 사람들이 있다. 하지만 임을 자기 목숨보다 더 사랑한다면 어떤 경우에도 이별은 없어야 한다. 그리고 '생명보다 사랑하는' 임을 사랑하기 위해서는 죽으면 안 된다. 화자는 죽을 바에는 차라리 이별하는 편이 낫다고 한다. '진정한 사랑을 위하여는' 괴롭지만 살아가는 것이 죽음보다 오히려 '더 큰 희생'이라고 할 수 있다.

잠 없는 꿈

나는 어느 날 밤에 *잠 없는 꿈을 꾸었습니다.

'나의 님은 어디 있어요. 나는 님을 보러 가겠습니다. 님에게 가는 길을 가져다가 나에게 주셔요, 검이여.'

'너의 가려는 길은 너의 님이 오려는 길이다. 그 길을 가져다 너에게 주면 너의 님은 올 수가 없다.'

'내가 가기만 하면 님은 아니 와도 관계가 없습니다.'

'너의 님의 오려는 길을 너에게 갖다 주면 너의 님은 다른 길로 오게 된다. 네가 간대도 너의 님을 만날 수가 없다.'

'그러면 그 길을 가져다가 나의 님에게 주셔요.'

'너의 님에게 주는 것이 너에게 주는 것과 같다. 사람마다 저의 길이 각각 있는 것이다.'

'그러면 어찌하여야 이별한 님을 만나보겠습니까.'

'네가 너를 가져다가 너의 가려는 길에 주어라. 그리하고 쉬지 말고 가거라.'

'그리 할 마음은 있지마는 그 길에는 고개도 많고 물도 많습니다. 갈 수가 없습니다.'

검은 '그러면 너의 님을 너의 가슴에 안겨주마' 하고 나의 님을 나에게 안겨주었습니다.

*나는 나의 님을 힘껏 껴안았습니다.
나의 팔이 나의 가슴을 아프도록 다칠 때에 나의 두 팔에 베어진 허공은 나의 팔을 뒤에 두고 이어졌습니다.

*잠 없는 꿈을 꾸었습니다 꿈은 잠을 자야 꾸는 것이므로 '잠 없는 꿈'이란 있을 수 없다. 반어적 성격의 말이다.
*나는 나의 님을 힘껏 껴안았습니다 / 나의 팔이~이어졌습니다 화자는 '신'을 뜻하는 검이 안겨준 임을 힘껏 껴안는다. 그런데 화자가 안은 것은 아무것도 없는 허공이다.

갈래 자유시, 서정시 | **성격** 상징적, 종교적 | **표현의 특징** 대화체 | **제재** 잠 없는 꿈 | **주제** 임을 찾는 길

화자는 이별한 임을 만나기 위해 '잠 없는 꿈' 속에서 신을 졸랐다. 신은 화자의 가슴에 임을 안겨주었다. 그런데 힘껏 껴안은 것으로 착각한 임이 사실은 임이 아니었다. '두 팔에 베어진 허공은 나의 팔을 뒤에 두고 이어졌습니다'라는 부분에서 독자들은 화자를 따라 그 두 팔 사이를 지나서 허공으로 시선을 향한다. 거기서부터 임을 찾는 새로운 시도가 시작되는 것이다.

제2장
그리움

생명

닻과 키를 잃고 거친 바다에 표류된 작은 생명의 배는 아직 발견도 아니 된 황금의 나라를 꿈꾸는 한 줄기 희망이 나침반이 되고 항로가 되고 순풍이 되어서 물결의 한 끝은 하늘을 치고 다른 물결의 한 끝은 땅을 치는 무서운 바다에 배질합니다.

님이여 님에게 바치는 이 작은 생명을 힘껏 껴안아주서요.

이 작은 생명이 님의 품에서 으스러진다 하여도 *환희의 영지(靈地)에서 순정(殉情)한 생명의 파편은 최귀(最貴)한 보석이 되어서 조각조각이 적당히 이어져서 님의 가슴에 사랑의 휘장(徽章)을 걸겠습니다.

님이여 끝없는 사막에 한 가지의 *깃들일 나무도 없는 작은 새인 나의 생명을 님의 가슴에 으서지도록 껴안아주서요.

그리고 부서진 생명의 조각조각에 입맞춰주서요.

*환희의 영지에서 순정(殉情)한 생명의 파편 '무서운 바다', 곧 삶의 고해(苦海)에서 방황하는 중생을 진리와 영생의 길로 인도하는 절대자가 바로 '님'이다. 그 '님'이 있는 '환희의 영지'에서 화자는 '정(情)'을 따라 목숨을 바칠 수 있다. *깃들일 나무도 없는 작은 새 의지할 데라고는 없는 화자의 외로운 모습을 나타낸 말이다.

갈래 자유시, 서정시 | **성격** 상징적, 산문적 | **어조** 여성적 어조, 경어체 | **표현의 특징** 돈호법, 은유법 | **제재** 생명 | **주제** 절대자를 향한 생명을 건 사랑

인생이라는 '무서운 바다'에서 방황하는 중생을 진리와 영생의 길로 인도하는 절대자, 임을 향한, 생명을 건 사랑을 나타낸 시다. '작은 생명의 배'가 상징하는 절대자는 중생들의 나침반·항로·순풍이 된다. 그 절대자를 향해 화자는 생명을 내던진다.

사랑의 측량

즐겁고 아름다운 일은 양이 많을수록 좋은 것입니다.
그런데 *당신의 사랑은 양이 적을수록 좋은가 봐요.
당신의 사랑은 당신과 나와 두 사람의 사이에 있는 것입니다.
사랑의 양을 알려면 당신과 나의 거리를 측량할 수밖에 없습니다.
그래서 당신과 나의 거리가 멀면 사랑의 양이 많고 거리가 가까우
면 사랑의 양이 적을 것입니다.
그런데 *적은 사랑은 나를 웃기더니 많은 사랑은 나를 울립니다.

*뉘라서 사람이 멀어지면 사랑도 멀어진다고 하여요.
당신이 가신 뒤로 사랑이 멀어졌으면 날마다 날마다 나를 울리는
것은 사랑이 아니고 무엇이어요.

당신의 사랑은 양이 적을수록 좋은가 봐요 화자에게 고통스러운 이별은 '님'에 대한 사랑의 양에 정비례한다. 그래서 화자는 투정하듯 '당신의 사랑'은 그 양이 적을수록 좋은가 보다고 한 것이다. **적은 사랑은 나를 웃기더니 많은 사랑은 나를 울립니다** 전에는 사랑의 양이 별로 많지 않아서인지 임을 특별히 생각하지 않았다. 그런데 이별한 뒤로 그 그리움을 견디기가 힘들다. 그 많아진 사랑이 화자에게 웃음 대신 눈물을 준다는 뜻이다. **뉘라서 사람이 멀어지면 사랑도 멀어진다고 하여요** '눈에서 멀어지면 마음도 멀어진다'는 말이 있듯이 몸이 헤어져 있으면 그 사랑도 시들해진다고들 하는데, 화자는 전혀 그렇지 않다는 것이다.

갈래 자유시, 서정시 │ **성격** 독백적, 역설적 │ **어조** 여성적 어조, 경어체 │ **표현의 특징** 경어체와 산문적 율조로 임에 대한 절대적 사랑을 노래함, 역설적 방법을 통하여 이별을 기다림과 사랑의 충만함으로 승화시킴.
제재 사랑 │ **주제** 임에 대한 간절한 기다림과 영원한 사랑

남들은 임과 가까이 있는 것을 좋아하고 그것이 사랑을 유지하는 방법이라고 생각한다. 그러나 화자에게는 임과 떨어져 있는 것이 오히려 임에 대한 사랑을 증가시킨다. 임과 가까이 있을 때는 사랑의 소중함을 잊기 쉽고 임에 대한 태도도 느슨해지기 쉽다. 그러다 헤어져 지내게 되면 비로소 그리움이 생기고 상대가 소중하게 생각된다. 임과 멀리 떨어지는 것이 고통스러운 일이긴 하지만 사랑의 양은 커지는 것이다.

진주

언제인지 내가 바닷가에 가서 조개를 주웠지요. 당신은 나의 치마
를 걷어주셨어요. 진흙 묻는다고.
집에 와서는 나를 어린 아기 같다고 하셨지요. 조개를 주워다가 장
난한다고. 그리고 나가시더니 금강석을 사다주셨습니다, 당신이.

*나는 그때에 조개 속에서 진주를 얻어서 당신의 작은 주머니에 넣
어드렸습니다.
*당신이 어디 그 진주를 가지고 계셔요, 잠시라도 왜 남을 빌려주
셔요.

*나는 그때에~넣어드렸습니다 임에게 마음속 깊이 감추었던 사랑을 고백했다는 뜻이다. *당신이 어디 그 진주를 가지고 계셔요, 잠시라도 왜 남을 빌려주셔요 이 시의 '님'은 세속적인 사랑의 차원을 넘어서 있다. 하지만 화자는 그런 경지를 이해할 수 없어, 그 사랑을 받아주지 않는 임에게 투정하듯 말한다.

갈래 자유시, 서정시 | **성격** 고백적, 상징적 | **어조** 여성적 어조, 경어체 | **제재** 진주 | **주제** 차원이 다른 사랑

화자는 속세의 '진흙'을 묻히며 얻은 조개 속 진주를 '당신'에게 주었지만, 그는 그것을 별로 귀하게 여기지 않는 듯하다. 여기서 '당신'은 세속적인 사랑을 넘어선 절대자다. 화자에게 진주보다 훨씬 더 귀한, 곧 이 세상의 것과는 차원이 다른 사랑을 준다. 하지만 화자는 그 가치를 알지 못하고 자신의 사랑을 받아주지 않는 임을 원망한다.

슬픔의 *삼매(三昧)

하늘의 푸른 빛과 같이 깨끗한 죽음은 *군동(群動)을 정화(淨化)합
니다.
허무의 빛인 고요한 밤은 대지에 군림하였습니다.
힘없는 촛불 아래에 *사리뜨리고 외로이 누워 있는 오오 님이여.
눈물의 바다에 꽃배를 띄웠습니다.
꽃배는 님을 싣고 소리도 없이 가라앉았습니다.
나는 슬픔의 삼매에 *아공(我空)이 되었습니다.

*꽃향기의 무르녹은 안개에 취하여 청춘의 광야에 비틀걸음치는 미
인이여.
죽음을 기러기 털보다도 가볍게 여기고 가슴에서 타오르는 불꽃을
얼음처럼 마시는 사랑의 광인(狂人)이여.
아아 사랑에 병들어 자기의 사랑에게 자살을 권고하는 사랑의 실
패자여.
그대는 만족한 사랑을 받기 위하여 나의 팔에 안겨요.
나의 팔은 그대의 사랑의 분신인 줄을 그대는 왜 모르셔요.

* **삼매** 불교에서, 산란한 마음을 모아 오직 한 가지 일에 집중하는 것, 또는 어떤 일에 열중하여 다른 생각이 없음을 이르는 말. * **군동** 살아 있는 것들. 보통은 군생(群生)이라고 한다. * **사리뜨리고** 정신을 바짝 가다듬고.
* **아공** 인간은 인연의 법에 의해 일시적으로 화합된 것이므로 따로 변치 않는 '나의 몸'이라는 실체가 없다. 그런 상태를 '아공'이라고 일컫는다. * **꽃향기의 무르녹은 안개에 (…) 사랑의 실패자여** 진리와 영생을 추구하는 수도자가 볼 때 '미인', '사랑의 광인', '사랑의 실패자'는 모두 미혹에 빠져 허우적거리는 어리석은 자들이다. 어느 정도의 경지에 이른 화자는 그들에게 '만족한 사랑을 받'으려면 자신의 팔에 안기라고 한다.

갈래 자유시, 서정시 | **성격** 종교적, 상징적 | **어조** 여성적 어조, 경어체 | **주제** 중생을 진리와 영생의 길로 이끌고자 하는 열망

'눈물의 바다'에 띄운 꽃배가 임을 태운 채 가라앉는다. 임은 중생을 진리와 영생으로 인도할 절대자 혹은 그 수단을 가리킨다. 그 광경을 보며 화자는 슬픔에 빠진다. 화자는 '미인', '사랑의 광인', '사랑의 실패자' 등 어리석은 사람들에게 진리와 영생의 길을 찾으려면 자기 팔에 안기라고 말한다. 스스로 불쌍한 중생들을 둘러싼 어둠을 물리치는 약한 등불이 되고자 하는 것이다.

의심하지 마셔요

의심하지 마셔요. 당신과 떨어져 있는 나에게 조금도 의심을 두지 마셔요.
의심을 둔대야 나에게는 별로 관계가 없으나 부질없이 당신에게 고통의 숫자만 더할 뿐입니다.

나는 당신의 첫사랑의 팔에 안길 때에 온갖 거짓의 옷을 다 벗고 세상에 나온 그대로의 발가벗은 몸을 당신의 앞에 놓았습니다. *지금까지도 당신의 앞에는 그때에 놓아둔 몸을 그대로 받들고 있습니다.

만일 인위(人爲)가 있다면 '어찌하여야 처음 마음을 변치 않고 끝끝내 거짓 없는 몸을 님에게 바칠꼬' 하는 마음뿐입니다.
당신의 명령이라면 생명의 옷까지도 벗겠습니다.

나에게 죄가 있다면 당신을 그리워하는 나의 '슬픔'입니다.
당신이 가실 때에 나의 입술에 수가 없이 입맞추고 '부디 나에게 대하여 슬퍼하지 말고 잘 있으라'고 한 당신의 간절한 부탁에 위반되는 까닭입니다.

그러나 그것만은 용서하여주서요.

당신을 그리워하는 *슬픔은 곧 나의 생명인 까닭입니다.

만일 용서하지 아니하면 후일에 그에 대한 벌을 풍우(風雨)의 봄 새
벽의 낙화의 수만치라도 받겠습니다.

당신의 사랑의 동아줄에 휘감기는 체형(體刑)도 사양치 않겠습니다.

당신의 사랑의 혹법(酷法) 아래에 일만 가지로 복종하는 자유형(自
由刑)도 받겠습니다.

그러나 당신이 나에게 의심을 두시면 당신의 의심의 허물과 나의
슬픔의 죄를 맞비기고 말겠습니다.

당신에게 떨어져 있는 나에게 의심을 두지 마서요. 부질없이 당신
에게 고통의 숫자를 더하지 마서요.

*지금까지도 당신의 앞에는 그때에 놓아둔 몸을 그대로 받들고 있습니다 임을 생각하는 화자의 마음은 절대적
이다. 따라서 그에게 바친 몸도 이미 자신의 것이 아니다. 즉 내 몸이면서 임의 것이다. 그런 까닭에 화자 자신
의 몸을 '받들고 있'다고 높인 것이다. *슬픔은 곧 나의 생명인 까닭입니다 일반적으로 슬픔과 생명은 같을 수
가 없다. 하지만 화자는 임에게 이미 생명 그 자체인 몸과 마음을 다 바쳤다. 그런 화자에게 떠나간 임과 자신
을 이어주는 것은 오직 슬픔뿐이다. 따라서 '슬픔은 곧 나의 생명'이 되는 것이다.

갈래 자유시, 서정시 │ **성격** 의지적, 역설적 │ **어조** 여성적 어조 │ **주제** 흔들리지 않는 사랑의 진실

믿음을 바탕으로 한, 흔들리지 않는 사랑의 진실을 강조하는 내용의 시다. 참된 사랑은 무조건, 생명까지도 바
칠 용의가 있을 때 비로소 완성되는 것이다. 사랑한다면 어떤 경우라도 믿어야 한다. 화자에게 죄가 있다면
'당신을 그리워하는 슬픔'뿐이다. 그것은 사랑의 배신이 아니라 오히려 사랑의 증거가 된다. 그러니 비록 떨어
져 있을지라도 부질없이 고통만 더하는 의심을 하지 말라는 것이다.

당신은

당신은 나를 보면 왜 늘 웃기만 하셔요. *당신의 찡그리는 얼굴을 좀 보고 싶은데.

나는 당신을 보고 찡그리기는 싫어요. 당신은 찡그리는 얼굴을 보기 싫어하실 줄을 압니다.

그러나 떨어진 *도화가 날아서 당신의 입술을 스칠 때에 나는 이마가 찡그려지는 줄도 모르고 울고 싶었습니다.

그래서 금실로 수놓은 수건으로 얼굴을 가렸습니다.

당신의 찡그리는 얼굴을 좀 보고 싶은데 '찡그리는 얼굴'에는 상대의 잘못을 깨우쳐 준다는 의미가 있다. 구도자의 입장에서는 웃는 얼굴보다는 그 편이 더 바람직하다. **도화가 날아서~울고 싶었습니다** '도화(桃花)'는 복숭아꽃으로 깨달음의 경지를 뜻한다. '당신'은 높디높은 경지에 이르렀는데, 화자인 '나'는 아직도 미망 속을 방황하고 있다. 그래서 '이마가 찡그려지는 줄도 모르고 울고 싶었'다.

갈래 자유시, 서정시 │ **성격** 고백적, 상징적 │ **어조** 여성적 어조 │ **주제** 깨달음의 경지에 이르고 싶은 마음

임을 따라 깨달음에 이르고 싶은 화자의 마음이 나타나 있는 시다. 임은 나를 만날 때마다 언제나 웃는다. 나는 임의 찡그리는 얼굴을 보고 싶다. 하지만 나는 임의 앞에서 찡그리기는 싫다. 높은 경지에 닿은 임에 비해 화자인 '나'는 아직도 미망 속을 헤매고 있다. 그것이 속상하다.

행복

나는 당신을 사랑하고 당신의 행복을 사랑합니다. 나는 온 세상 사람이 당신을 사랑하고 당신의 행복을 사랑하기를 바랍니다.
그러나 정말로 당신을 사랑하는 사람이 있다면 나는 그 사람을 미워하겠습니다. *그 사람을 미워하는 것은 당신을 사랑하는 마음의 한 부분입니다.
그러므로 그 사람을 미워하는 고통도 나에게는 행복입니다.

만일 온 세상 사람이 당신을 미워한다면 나는 그 사람을 얼마나 미워하겠습니까.
만일 온 세상 사람이 *당신을 사랑하지도 않고 미워하지도 않는다면 그것은 나의 일생에 견딜 수 없는 불행입니다.
만일 온 세상 사람이 당신을 사랑하고자 하여 나를 미워한다면 나의 행복은 더 클 수가 없습니다.
그것은 모든 사람의 나를 미워하는 원한의 두만강이 깊을수록 나의 당신을 사랑하는 행복의 백두산이 높아지는 까닭입니다.

*그 사람을 미워하는 고통도 나의 행복입니다 한용운식 반어법으로 표현된 말이다. 고통과 행복은 반대되는 개념이지만, 화자는 '당신'의 모든 것을 사랑하므로 당신을 사랑하는 사람을 미워하는 고통까지 행복으로 생각한다는 것이다. *당신을 사랑하지도 않고~불행입니다 만일 다른 사람들이 임에 대해 사랑도 미움도 아닌 무관심을 보낸다면, 그를 지극히 사랑하는 화자로서는 그만큼 견디기 어려운 일도 없을 것이다.

갈래 자유시, 서정시 │ **성격** 역설적, 고백적 │ **어조** 의지적 어조 │ **제재** 행복 │ **주제** 임을 향한 지극한 사랑

임을 지극히 사랑하는 화자의 마음을 읊은 시다. 화자는 온 세상 사람이 임을 사랑하고 그 행복을 사랑하기를 바란다. 내가 곧 임이기 때문이다. 화자는 임과의 관계에서 사랑에 질투가 따를 수 있음을 인정하고 있다. 그러나 그 상대를 미워하는 것은 '당신을 사랑하는 마음의 한 부분'이다. 그 고통도 화자에게는 행복이다. 온 세상 사람이 임을 미워하거나, 또는 미워하지도 사랑하지도 않는 상태인 무관심보다 낫다고 여긴다.

*착인(錯認)

내려오셔요, *나의 마음은 자릿자릿하여요. 곧 내려오셔요.
사랑하는 님이여, 어찌 그렇게 높고 가는 나뭇가지 위에서 춤을 추셔요.
두 손으로 나뭇가지를 단단히 붙들고 고이고이 내려오셔요.
에그 저 나무 잎새가 연꽃 봉오리 같은 입술을 스치겠네. 어서 내려오셔요.

'네 네 내려가고 싶은 마음이 잠자거나 죽은 것은 아닙니다마는,
나는 아시는 바와 같이 여러 사람의 님인 때문이어요. 향기로운 부르심을 거스르고자 하는 것은 아닙니다'고 버들가지에 걸린 반달은 해쭉해쭉 웃으면서 이렇게 말하는 듯하였습니다.
*나는 작은 풀잎만큼도 가림이 없는 발가벗은 부끄럼을 두 손으로 움켜쥐고 빠른 걸음으로 잠자리에 들어가서 눈을 감고 누웠습니다.
내려오지 않는다던 반달이 사뿐사뿐 걸어와서 창 밖에 숨어서 나의 눈을 엿봅니다.
부끄럽던 마음이 갑자기 무서워서 떨려집니다.

*착인 잘못 보거나 잘못 생각한 것. '오인(誤認)'과 같은 말이다. *나의 마음은 자릿자릿하여요 '님'이 너무 높은 곳에 있어 보기에 조마조마하다는 뜻이다. *나는 작은 풀잎만큼도~움켜쥐고 임의 높은 뜻을 헤아리지 못한 부끄러움이 그만큼 크다는 뜻이다.

갈래 자유시, 서정시 | **성격** 상징적, 산문적 | **표현의 특징** 의인화 | **어조** 여성적 어조 | **주제** 진리 추구의 조급함에 대한 부끄러움

화자는 사랑하는 임이 자기 곁에 머물기를 원한다. 나무 잎새 사이에 걸려 있는 반달의 모습을 한 임은 모두의 임이라서 내려올 수가 없다고 사양한다. 화자는 그 높은 뜻을 헤아리지 못한 자신에 대해 부끄러워하며 잠자리에 든다. 내려올 수 없다던 임은 그때 가만히 내려와 화자에게 다가온다. 화자는 문득 임이 무서워 몸이 떨린다.

밤은 고요하고

밤은 고요하고 방은 물로 씻은 듯합니다.
이불은 갠 채로 옆에 놓아두고 *화롯불을 다듬거리고 앉았습니다.
밤은 얼마나 되었는지 화롯불은 꺼져서 찬 재가 되었습니다.
그러나 그를 사랑하는 나의 마음은 오히려 식지 아니하였습니다.
닭의 소리가 채 나기 전에 그를 만나서 무슨 말을 하였는데 꿈조차
분명하지 않습니다그려.

***화롯불을 다듬거리고 앉았습니다** 불기를 되살리려고 부젓가락으로 화롯불을 이리저리 만지작거린다는 뜻이다.

갈래 자유시, 서정시 | **성격** 산문적, 고백적 | **어조** 고백적 어조 | **제재** 고요한 밤 | **주제** 임에 대한 변함
없는 사랑

밤은 고요하고 깊은 산속에 있는 방은 깨끗하다. 진작 잠자리에 들었어야 하지만 화롯불을 뒤적인다. 밤이 얼마
나 깊었는지, 화롯불은 이미 꺼져 차가운 재가 되어버렸다. 그러나 임을 사랑하는 화자의 마음은 식지 않았다고
고백한다. 잠깐 눈을 붙였을 때 꿈속에서 임을 만났다. 그런데 무슨 말을 했는지, 그조차 잘 생각이 안 난다.

비밀

비밀입니까 비밀이라니요 나에게 무슨 비밀이 있겠습니까.
*나는 당신에게 대하여 비밀을 지키려고 하였습니다마는 비밀은 야속히도 지켜지지 아니하였습니다.

나의 비밀은 눈물을 거쳐서 당신의 시각으로 들어갔습니다.
나의 비밀은 한숨을 거쳐서 당신의 청각으로 들어갔습니다.
나의 비밀은 떨리는 가슴을 거쳐서 당신의 촉각으로 들어갔습니다.
그 밖의 비밀은 한 조각 붉은 마음이 되어서 당신의 꿈으로 들어갔습니다.
그리고 마지막 비밀은 하나 있습니다. 그러나 그 비밀은 소리없는 메아리와 같아서 표현할 수가 없습니다.

*나는 당신에게 대하여 비밀을~지켜지지 아니하였습니다 화자의 임은 이미 깨달음의 경지에 이른 사람이다. 화자의 모든 것을 꿰뚫어보고 있는 그에게 비밀을 가지기는 힘들다는 뜻이다.

갈래 자유시, 서정시 │ **성격** 고백적, 의지적 │ **어조** 여성적 어조 │ **제재** 비밀 │ **주제** 임을 향한 간절한 사랑

임과 나는 서로를 너무나 잘 알고 있다. 임이 나고 내가 임인데 그런 둘 사이에 무슨 비밀이 있겠는가. 화자의 임을 향한 간절한 마음, 곧 '눈물', '한숨', '떨리는 가슴', '한 조각 붉은 마음'은 시각·청각·촉각, 그리고 꿈을 거쳐 임에게 모두 전달되었다. 그러나 마지막 비밀은 말이나 글로 표현할 수 없는 부처의 가르침 같은 것으로, 이심전심 임에게 전해지기를 바란다.

사랑의 존재

*사랑을 '사랑'이라고 하면 벌써 사랑은 아닙니다.

사랑을 이름지을 만한 글이 어디 있습니까.

미소에 눌려서 괴로운 듯한 장밋빛 입술인들 그것을 스칠 수가 있습니까.

눈물의 뒤에 숨어서 *슬픔의 흑암면(黑闇面)을 반사하는 *가을 물결의 눈인들 그것을 비출 수가 있습니까.

그림자 없는 구름을 거쳐서 메아리 없는 절벽을 거쳐서 마음이 갈 수 없는 바다를 거쳐서 존재? 존재입니다.

그 나라는 국경이 없습니다. 수명(壽命)은 시간이 아닙니다.

사랑의 존재는 님의 눈과 님의 마음도 알지 못합니다.

사랑의 비밀은 다만 님의 수건에 수놓는 바늘과 님의 심으신 꽃나무와 님의 잠과 시인의 상상과 그들만이 압니다.

사랑을 '사랑'이라고 하면 벌써 사랑은 아닙니다 화자의 사랑이 절대적임을 뜻한다. 일종의 반어법이다. **슬픔의 흑암면** 이 세상의 모든 것에는 밝은 면과 그늘진 면이 있다. '흑암면'은 슬픔의 그늘진 면을 말한 것이다. **가을 물결의 눈인들 그것을 비출 수가 있습니까** 의인화를 통해 가을 물결이 특히 맑다는 사실을 뚜렷이 상기시키고 있다.

갈래 자유시, 서정시 | **성격** 상징적, 역설적 | **표현의 특징** 의인화 | **주제** 사랑의 절대성

사랑에 대해 어떤 정의를 내릴 때 그것은 이미 '사랑'이 아니다. 아무리 맑아도 비출 수가 없고, 깨달음의 경지에 이른 '님'도 알아차리지 못하는 것이 바로 사랑이다. 화자는 다만 '수건에 수놓는 바늘과 임이 심은 꽃나무와 임의 잠과 시인의 상상'이라는 추상적 개념만이 사랑의 비밀을 안다고 말한다. 그만큼 화자의 사랑은 절대적인 것이다.

꿈과 근심

*밤 근심이 하 길기에
꿈도 길 줄 알았더니
님을 보러 가는 길에
반도 못 가서 깨었구나.

새벽 꿈이 하 짧기에
근심도 짧을 줄 알았더니
근심에서 근심으로
끝간 데를 모르겠다.

만일 님에게도
꿈과 근심이 있거든
차라리
*근심이 꿈 되고 꿈이 근심 되어라.

*밤 근심이 하 길기에 / 꿈도 길 줄 알았더니 '밤 근심이 기니 꿈도 길겠지' 하는 화자의 예상이 빗나갔음을 말하고 있다. *근심이 꿈 되고 꿈이 근심 되어라 꿈이 짧은 데 비해 근심은 길고 또 괴롭다. 사랑하는 임이 괴로움을 겪지 않기 바라는 마음에서 한 말이다.

갈래 자유시, 서정시 | **성격** 고백적, 역설적 | **어조** 여성적 어조 | **표현의 특징** 근심이나 꿈 같은 추상적 개념을 '길다', '짧다'와 같이 구체적으로 형상화 | **제재** 꿈, 근심 | **주제** 임에 대한 그리움, 이별한 임의 평안 기원

임을 그리다 지친 화자는 꿈속에서라도 보고 싶었지만, 꿈이 너무 짧아 임을 만나지도 못한 채 잠을 깨고 말았다. 꿈에서도 임에게 이르지 못한 그 감정은, 바로 다음 연에서 근심이 '끝간 데' 없이 길어지는 형태로 나타난다. 그러나 한용운의 다른 시에서와 마찬가지로 여기서도 역설적 표현이 등장하여, 고통스러운 가운데서 화자는 임을 걱정하며 자신과는 반대로 근심은 짧고 꿈은 길기를 바란다.

꿈 깨고서

*님이면은 나를 사랑하련마는 밤마다 문 밖에 와서 발자취 소리만
내고 한 번도 들어오지 아니하고 도로 가니 그것이 사랑인가요.
그러나 나는 발자취나마 님의 문 밖에 가본 적이 없습니다.
*아마 사랑은 님에게만 있나 봐요.

아아 발자취 소리나 아니더면 꿈이나 아니 깨었으련마는
*꿈은 님을 찾아가려고 구름을 탔었어요.

---

*님이면은 나를 사랑하련마는(…)그것이 사랑인가요 화자는 그리운 임을 꿈에서나마 만나기를 바란다. 그런데
임은 야속하게도 발자국소리만 내고 도로 가버린다. '님'에 대한 사랑이 깊고 절실함을 알 수 있는 구절이다.
*아마 사랑은 님에게만 있나 봐요 반어적인 구절이다. 꿈에서도 임의 집 앞에 가본 적이 없는 자신을 안타깝게
여겨 하는 말이다. ***꿈은 님을 찾아가려고 구름을 탔었어요** 꿈을 의인화한 구절이다. 꿈이 '구름'을 타면 임
에게 갈 수 있을까?

갈래 자유시, 서정시 | **성격** 역설적, 고백적 | **표현의 특징** 꿈의 의인화 | **어조** 여성적 어조, 경어체 | **주제**
임에 대한 절실한 사랑

임에 대한 절실한 사랑을 노래한 시다. 임을 기다리다 지친 화자의 투정 같은 목소리가 들리는 듯하다. '님'은
밤마다 꿈에 나타나, '한 번도 들어오지 않고 도로 간'다. 화자는 안타까운 마음에 그것이 사랑이냐고 따지듯
말한다. 그리고 발자국소리만 아니었으면 꿈이나 깨지 않았을 텐데, 하며 원망한다. 하지만 참된 사랑은 임의
집 문 앞까지 갔다가 들어가지 않고 되돌아오는 것일 때가 있다. 사랑하지 않아서가 아니라 참으로 사랑하는
까닭에 발길을 돌리는 것이다.

포도주

가을 바람과 아침 볕에 *마치맞게 익은 향기로운 포도를 따서 술
을 빚었습니다. 그 술 고이는 향기는 가을 하늘을 물들입니다.
님이여 그 술을 연잎 잔에 가득히 부어서 님에게 드리겠습니다.
님이여 떨리는 손을 거쳐서 타오르는 입술을 축이셔요.

님이여 *그 술은 한 밤을 지나면 눈물이 됩니다.
아아 한 밤을 지나면 포도주가 눈물이 되지마는 *또 한 밤을 지나
면 나의 눈물이 다른 포도주가 됩니다. 오오 님이여.

*마치맞게 '알맞게'의 방언이다. *그 술은 한 밤을 지나면 눈물이 됩니다 임은 '한 밤을 지나면' 떠난다. 떠나는
임을 보며 눈물짓는 화자의 모습이 생각나는 구절이다. *또 한 밤을 지나면 나의 눈물이 다른 포도주가 됩니
다 화자는 떠난 임을 그리며 눈물로 다시 포도주를 담는다.

갈래 자유시, 서정시 | **성격** 상징적, 고백적 | **어조** 여성적 어조 | **제재** 포도주 | **주제** 임과의 이별을 아쉬
워하는 마음

잘 익은 포도를 따서 술을 빚었다. 술 향기가 가을 하늘을 물들일 때 그 술을 임에게 드렸다. 한 밤 지나면 포도
주가 눈물이 되고, 또 한 밤이 가면 그 눈물은 다시 포도주가 된다. 한용운의 다른 시 「알 수 없어요」의 '타고 남
은 재가 다시 기름이 됩니다'와 같이, '님'과 '나'의 사랑도 만나면 이별하고 이별하면 또 만나는 과정이 끊임없
이 되풀이되는 것이다.

희미한 졸음이 활발한 님의 발자취 소리에 놀라 깨어 무거운 눈썹을 이기지 못하면서 창을 열고 내다보았습니다.
동풍에 몰리는 소낙비는 산모롱이를 지나가고 뜰 앞의 파초잎 위에 빗소리의 남은 음파가 그네를 뜁니다.
감정과 이지(理智)가 마주치는 찰나에 *인면(人面)의 악마와 수심(獸心)의 천사가 보이려다 사라집니다.

흔들어 빼는 님의 노랫가락에 첫잠 든 어린 잔나비의 애처로운 꿈이 꽃 떨어지는 소리에 깨었습니다.
죽은 밤을 지키는 외로운 등잔불의 구슬꽃이 제 무게를 이기지 못하여 고요히 떨어집니다.
미친 불에 타오르는 불쌍한 영(靈)은 절망의 북극에서 신세계를 탐험합니다.

사막의 꽃이여, 그믐밤의 만월(滿月)이여, 님의 얼굴이여.
피려는 장미화는 아니라도 갈지 않은 백옥인 *순결한 나의 입술은 미소에 목욕감는 그 입술에 채 닿지 못하였습니다.
움직이지 않는 달빛에 눌리운 창에는 저의 털을 가다듬는 고양이의 그림자가 오르락내리락합니다.

아아 불(佛)이냐 마(魔)냐 인생이 티끌이냐 꿈이 황금이냐.
작은 새여 바람에 흔들리는 약한 가지에서 잠자는 작은 새여.

*? 불교에서 수행자가 깨달음의 경지에 이르는 문턱에서 품는 의문을 가리킨다. ***인면의 악마와 수심의 천사**
인간의 탈을 쓴 악마, 짐승의 마음을 가진 천사는 전혀 모순되는 것끼리 짝을 이루었다. 이것은 화자의 마음이
무섭게 요동치고 있음을 표현한 것이다. ***순결한 나의 입술은~닿지 못하였습니다** 속세의 번뇌를 미처 다
떨치지 못한 화자의 상태를 가리킨다.

갈래 자유시, 서정시 | **성격** 산문적, 상징적, 역설적 | **어조** 독백적 어조 | **표현의 특징** 은유법, 영탄법 | **주
제** 수행의 어려움

깨달음의 문턱에서 화자의 마음은 무섭게 요동친다. '인면의 악마와 수심의 천사'가 보이려다가 사라지고, '미
친 불에 타오르는 불쌍한 영'은 차갑고 낯선 땅을 헤맨다. '바람에 흔들리는 약한 가지에서 잠자는 작은 새' 같
은 화자는 '님의 얼굴'로 상징되는 깨달음을 얻기 위하여 불가능한 것들을 붙잡고 오늘도 몸부림을 친다.

님의 손길

님의 사랑은 강철을 녹이는 불보다도 뜨거운데 *님의 손길은 너무 차서 한도(限度)가 없습니다.
나는 이 세상에서 서늘한 것도 보고 찬 것도 보았습니다. 그러나 님의 손길같이 찬 것은 볼 수가 없습니다.

국화 핀 서리 아침에 떨어진 잎새를 울리고 오는 가을 바람도 님의 손길보다는 차지 못합니다.
달이 작고 별에 뿔나는 겨울밤에 얼음 위에 쌓인 눈도 님의 손길보다는 차지 못합니다.
감로(甘露)와 같이 청량(淸凉)한 선사의 설법도 님의 손길보다는 차지 못합니다.

나의 작은 가슴에 타오르는 불꽃은 님의 손길이 아니고는 끄는 수가 없습니다.
*님의 손길의 온도를 측량할 만한 한란계는 나의 가슴밖에는 아무 데도 없습니다.
*님의 사랑은 불보다도 뜨거워서 근심 산(山)을 태우고 한(恨) 바다를 말리는데 님의 손길은 너무나 차서 한도가 없습니다.

'님의 손길은 너무 차서 한도가 없습니다 여기서 '님'은 득도의 경지를 가리키는데, 거기에 쉽게 닿을 수 없는 안타까움을 나타낸 말이다. **'님의 손길의 온도를~아무데도 없습니다** 어느 정도의 경지에 이르렀는지 여부는 화자 자신만이 알 수 있다는 뜻이다. **'님의 사랑은 불보다도 뜨거워서[…]한도가 없습니다** 절대적 존재인 '님'은 근심과 한을 없애고도 남을 만큼 사랑이 풍부한데, 거기에 닿지 못하는 화자의 처지는 안타깝기 짝이 없다.

갈래 자유시, 서정시 | **성격** 상징적, 종교적 | **표현의 특징** 반복법 | **어조** 독백적 어조 | **주제** 쉽게 닿을 수 없는 득도의 경지

임의 사랑은 불보다 더 뜨거운데, 그 손길은 가을 바람보다, 얼음 위에 쌓인 눈보다 더 차다. 속세의 근심과 한을 없애고도 남을 만큼 풍부한 사랑을 가진 임인데, 그 손길은 어쩌면 그렇게 차단 말인가. 닿으려 애써도 닿을 수 없는 득도의 경지는 차가운 임의 손길처럼 냉정하다. 그래서 화자는 안타깝고 또 야속하다.

해당화

당신은 해당화 피기 전에 오신다고 하였습니다. 봄은 벌써 늦었습니다.
봄이 오기 전에는 어서 오기를 바랐더니 *봄이 오고 보니 너무 일찍 왔나 두려워합니다.

철모르는 아이들은 뒷동산에 해당화가 피었다고 다투어 말하기로 듣고도 못 들은 체하였더니
*야속한 봄바람은 나는 꽃을 불어서 경대 위에 놓입니다그려.
시름없이 꽃을 주워서 입술에 대고 '너는 언제 피었니' 하고 물었습니다.
꽃은 말도 없이 나의 눈물에 비쳐서 둘도 되고 셋도 됩니다.

봄이 오고 보니 너무 일찍 왔나 두려워합니다 막상 봄은 왔는데 임은 아직 오지 않았다. 혹시 임이 안 오면 어쩌나 두려운 마음이 든다. **야속한 봄바람은 나는 꽃을 불어서 경대 위에 놓입니다그려** 애써 봄이 온 것을 부정하고 싶은데, 봄바람은 야속하게도 방 안 경대 위로 꽃을 날려보내 계절의 변화를 알려준다.

갈래 자유시, 서정시 │ **성격** 산문적, 고백적 │ **어조** 독백적 어조 │ **표현의 특징** 활유법 │ **제재** 해당화 │ **주제** 임이 돌아오기를 바라는 마음

이별한 임에 대한 그리움과 원망을 해당화를 매개로 이야기한 시다. 해당화가 피기 전에 온다던 임은 봄이 와도 돌아올 생각을 하지 않는다. 화자는 봄이 왔음을 부정하고 싶다. 그러나 이 부정은 너무도 미미하여 더욱 애절한데, 그 마음마저 아이들과 봄바람이 짓밟아버린다.

비

*비는 가장 큰 권위를 가지고 가장 좋은 기회를 줍니다.
비는 해를 가리고 세상 사람의 눈을 가립니다.
그러나 비는 번개와 무지개를 가리지 않습니다.

나는 번개가 되어 무지개를 타고 당신에게 가서 사랑의 팔에 감기
고자 합니다.
비 오는 날, 가만히 가서 당신의 침묵을 가져온대도 당신의 주인은
알 수가 없습니다.

만일 *당신이 비 오는 날에 연잎 옷을 입고 오시면 이 세상에는 알
사람이 없습니다.
당신이 비 가운데로 가만히 오셔서 나의 눈물을 가져가신대도 영
원한 비밀이 될 것입니다.
비는 가장 큰 권위를 가지고 가장 좋은 기회를 줍니다.

[*]**비는 가장 큰 권위를 가지고 가장 좋은 기회를 줍니다** 여기서 '비'는 깨달음의 매체다. 비에 따르는 번개와 무지개는 '깨달음'의 기틀을 이룸으로써 절대적 권위로 다시없는 기회를 준다. [*]**당신이 비 오는 날에~알 사람이 없습니다** 연은 비가 와도 젖지 않는 잎을 가지고 있고, 비는 세상사람의 눈을 가린다. 따라서 비 오는 날 연잎 옷을 입고 오면 임과 화자 외에는 알 사람이 없다는 뜻이다.

갈래 자유시, 서정시 ┃ **성격** 의지적, 고백적 ┃ **어조** 여성적 어조 ┃ **구조** 수미상관 ┃ **제재** 비 ┃ **주제** 임에 대한 절대적인 사랑

비는 '해를 가리고 하늘을 가리고 세상사람의 눈을 가리'지만, 번개와 무지개는 가리지 않는다. 그리하여 비 오는 날은, 화자가 '번개가 되어 무지개를 타고' 임에게 가든 임이 '연잎 옷을 입고' 화자에게 오든 아무도 알 사람이 없다. 비는 절대적 권위로 다시없는 기회를 준다.

참아주서요

나는 당신을 이별하지 아니할 수가 없습니다. 님이여 나의 이별을 참아주서요.
당신은 고개를 넘어갈 때에 나를 돌아보지 마셔요. *나의 몸은 한 작은 모래 속으로 들어가려 합니다.

님이여 *이별을 참을 수가 없거든 나의 죽음을 참아주서요.
나의 생명의 배는 부끄럼의 땀의 바다에서 스스로 폭침(爆沈)하려 합니다. 님이여 님의 입김으로 그것을 불어서 속히 잠기게 하여주셔요. 그리고 그것을 웃어주셔요.

님이여 나의 죽음을 참을 수가 없거든 나를 사랑하지 말아주셔요.
그리하고 나로 하여금 당신을 사랑할 수가 없도록 하여주셔요.
나의 몸은 터럭 하나도 빼지 아니한 채로 당신의 품에 사라지겠습니다.
*님이여 당신과 내가 사랑의 속에서 하나가 되는 것을 참아주셔요.
그리하여 당신은 나를 사랑하지 말고 나로 하여금 당신을 사랑할 수가 없도록 하여주셔요. 오오 님이여.

*나의 몸은 한 작은 모래 속으로 들어가려 합니다 이승에서의 인연이 다한 화자가 피안으로 떠나려 한다는 뜻이다. *이별을 참을 수가 없거든 나의 죽음을 참아주셔요 만일 화자가 떠나는 데 반대한다면 죽을 수밖에 없다는 뜻이다. *님이여 당신과 내가 사랑의 속에서(…)당신을 사랑할 수가 없도록 하여주셔요 화자는 세속적인 사랑을 원하는 것이 아니라 깨달음의 경지에 이르기를 바란다. 따라서 앞문장이 뜻하는 참된 사랑을 위해 뒷문장의 감각적인 사랑을 부정하는 것이다.

갈래 자유시, 서정시 **ㅣ 성격** 역설적, 감각적 **ㅣ 어조** 여성적 어조 **ㅣ 주제** 참된 사랑으로 임과 하나가 되고 싶은 마음

한용운의 시 대부분은 임이 떠나는 상황을 읊은 반면, 이 시는 화자 자신이 떠난다며 임에게 이별을 견뎌달라고 말한다. 만일 이별을 견딜 수 없다면, 자신이 죽을 수밖에 없다고 말한다. 그 죽음마저 참을 수 없다면, 더이상은 자신을 사랑하지 말고 더 이상은 임을 사랑할 수도 없게 만들어달라고 절규한다. 세속적 차원의 사랑을 벗어나, 죽음으로써 참된 사랑 가운데서 임과 하나가 되고 싶다는 것이다.

어느 것이 참이냐

얇은 사(紗)의 장막이 작은 바람에 휘둘려서 처녀의 꿈을 휩싸듯이 *자취도 없는 당신의 사랑은 나의 청춘을 휘감습니다.
발딱거리는 어린 피는 고요하고 맑은 천국의 음악에 춤을 추고 헐떡이는 작은 영(靈)은 소리 없이 떨어지는 천화(天花)의 그늘에 잠이 듭니다.

가는 봄비가 드린 버들에 둘려서 푸른 연기가 되듯이 *끝도 없는 당신의 정(情)실이 나의 잠을 얽습니다.
*바람을 따라가려는 짧은 꿈은 이불 안에서 몸부림치고, 강 건너 사람을 부르는 바쁜 *잠꼬대는 목 안에서 그네를 뜁니다.
비낀 달빛이 이슬에 젖은 꽃수풀을 싸라기처럼 부수듯이 당신의 떠난 한은 드는 칼이 되어서 나의 애를 도막도막 끊어놓았습니다.

문 밖의 시냇물은 물결을 보태려고 나의 눈물을 받으면서 흐르지 않습니다.
봄 동산의 미친 바람은 꽃 떨어뜨리는 힘을 더하려고 나의 한숨을 기다리고 섰습니다.

***자취도 없는 당신의 사랑은 나의 청춘을 휘감습니다** 화자는 깨달음의 경지에 이른 '당신'을 상대로 감각적 차원의 사랑을 하고 있다. ***끝도 없는 당신의 정(情)실이 나의 잠을 얽습니다** 정실이란 정사(情絲), 곧 실이 얽힌다는 뜻으로 남녀 사이의 오랜 사랑을 의미한다. '님'에 대한 세속적인 사랑으로 편한 잠을 이루지 못하는 화자의 상태를 가리킨다. ***바람을 따라가려는 짧은 꿈** 화자의 마음이 안정을 얻지 못한 상태임을 가리킨다. ***잠꼬대는 목 안에서 그네를 뜁니다** 잠꼬대가 입 밖으로 나오지 않고 목 안에서 맴도는 것을 말한다.

갈래 자유시, 서정시 | **성격** 감각적, 상징적 | **어조** 고백적 어조 | **주제** 진리에 대한 갈등

이미 깨달음의 경지에 이른 임을 상대로 화자는 끊임없이 조바심을 친다. '짧은 꿈은 이불 안에서 몸부림치고', 미처 말이 되지 못한 잠꼬대는 목 안에서 맴돈다. 임과의 이별은 애가 끊어지는 듯한 고통으로 남아, 화자는 갈등과 번민에 싸여 눈물을 흘리고 한숨을 쉰다. 무엇이 세속적인 사랑이고 무엇이 참된 사랑인지, 정말이지 화자는 알 수가 없다.

비방(誹謗)

세상은 비방도 많고 시기도 많습니다.
당신에게 비방과 시기가 있을지라도 관심치 마셔요.
*비방을 좋아하는 사람들은 태양에 흑점이 있는 것도 다행으로 생각합니다.
당신에게 대하여는 비방할 것이 없는 그것을 비방할는지 모르겠습니다.

*조는 사자를 죽은 양이라고 할지언정 당신이 시련을 받기 위하여 도적에게 포로가 되었다고 그것을 비겁이라고 할 수는 없습니다.
달빛을 갈꽃으로 알고 흰 모래 위에서 갈매기를 이웃하여 잠자는 기러기를 음란하다고 할지언정 정직한 당신이 교활한 유혹에 속혀서 청루(靑樓)에 들어갔다고 당신을 지조가 없다고 할 수는 없습니다.
당신에게 비방과 시기가 있을지라도 관심치 마셔요.

*비방을 좋아하는~다행으로 생각합니다 밝은 태양에 있는 흑점은 마치 옥의 티와 같은 것이다. 비방을 좋아하는 사람들은 완벽해 보이는 대상에도 꼬투리삼을 거리가 있다는 사실을 다행으로 여긴다. *조는 사자를 죽은 양이라고 할지언정 비록 사자가 졸고 있을지라도 그것을 보고 죽은 양이라고 할 사람은 없다. 임이 꼼짝없이 비겁한 사람으로 몰려 있을지라도 화자는 절대로 그렇게 생각하지 않는다.

갈래 자유시, 서정시 | **성격** 의지적, 상징적 | **어조** 여성적 어조 | **제재** 비방, 시기 | **주제** 진실한 사랑

'비방할 것이 없는 그것을 비방하'는 사람들을 상대해야 하는 '당신'의 결백을 화자는 절대적으로 믿는다. 그러니 굳세게 견디라는 것이다. 진실한 사랑은 어떤 시기와 비방에도 흔들리면 안 된다. 시기와 비방에 견디지 못하고 무너지는 것은 사랑이 아니다.

반비례

당신의 소리는 '침묵'인가요.
당신이 노래를 부르지 아니하는 때에 당신의 노랫가락은 역력히 들립니다그려.
*당신의 소리는 침묵이어요.

당신의 얼굴은 '흑암'인가요.
내가 눈을 감은 때에 당신의 얼굴은 분명히 보입니다그려.
*당신의 얼굴은 흑암이어요.

당신의 그림자는 '광명'인가요.
당신의 그림자는 달이 넘어간 뒤에 어두운 창에 비칩니다그려.
*당신의 그림자는 광명이어요.

*당신의 소리는 침묵이어요 분명 노래를 부르지 않는데 노랫가락이 들리니, 소리가 바로 침묵이라는 뜻이다. *당신의 얼굴은 흑암이어요 흑암은 '매우 껌껌하거나 어두운 상태'를 말한다. 그런 가운데 무엇이 보일 리 없는데, '당신의 얼굴'은 눈을 감으면 보이니 얼굴은 바로 흑암 그 자체다. *당신의 그림자는 광명이어요 빛이 있을 때 어떤 물체의 뒷면에 드리워지는 검은 그늘이 바로 그림자다. 그런데 물체를 비추는 달이 넘어간 후인 어두운 밤에 '당신의 그림자'가 창에 나타난다. 따라서 그림자와 빛이 일체화를 이루었다.

갈래 자유시, 서정시 | **성격** 역설적 | **어조** 여성적 어조 | **표현의 특징** 반어법, 각 연마다 묻고 대답하는 형식을 취함. | **제재** 반비례 | **주제** 조국 광복에 대한 희망

침묵은 당신의 소리, 흑암은 당신의 얼굴, 광명은 당신의 그림자. 역설적인 이런 표현을 통해 일제의 억압 속에 침묵하는 조국, 어둠 속을 헤매는 조국을 노래한 시다. 그런 가운데 화자는 침묵 속에서 소리가 들리고, 눈을 감은 때에 얼굴이 보이고, 달이 넘어간 후에도 그림자가 창에 비친다며 '희망'을 이야기하고 있다.

정천한해(情天恨海)

가을 하늘이 높다기로
정(情) 하늘을 따를소냐.
봄 바다가 깊다기로
한(恨) 바다만 못하리라.

높고 높은 정(情) 하늘이
싫은 것은 아니지만
손이 낮아서
오르지 못하고
깊고 깊은 한(恨) 바다가
병 될 것은 없지마는
다리가 짧아서
건너지 못한다.

손이 자라서 오를 수만 있으면
정(情) 하늘은 높을수록 아름답고
다리가 길어서 건널 수만 있으면
한(恨) 바다는 깊을수록 묘하니라.

*만일 정(情) 하늘이 무너지고 한(恨) 바다가 마른다면
차라리 정천(情天)에 떨어지고 한해(恨海)에 빠지리라.
아아 정(情) 하늘이 높은 줄만 알았더니
님의 이마보다는 낮다.
아아 한(恨) 바다가 깊은 줄만 알았더니
님의 무릎보다는 옅다.

손이야 낮든지 다리야 짧든지
정(情) 하늘에 오르고 한(恨) 바다를 건너려면
님에게만 안기리라.

만일 정 하늘이 무너지고 […] 한해에 빠지리라 이미 하늘이 무너지고 바다가 말랐는데 어떻게 '정천에 떨어지고 한해에 빠지'겠는가. 그런데도 이와 같이 표현한 것은 '님'에 대한 화자의 지극한 사랑 때문이다.

갈래 자유시, 서정시 | **성격** 서정적, 관념적, 종교적 | **표현의 특징** 점층적 구조, 대구법, 역설적 표현 | **제재** 정 하늘, 한 바다 | **주제** [임에 대한] 완전한 귀의

가을 하늘보다 높고 봄 바다보다 깊은 '정의 하늘'과 '한의 바다'. 화자로서는 결코 오르거나 건널 수가 없다. 화자는 그리워하고 사랑하는 감정은 '높을수록 아름답고', 가슴에 사무친 한은 사랑으로 승화될 수만 있다면 '깊을수록 묘한' 것이라고 생각한다. 그런 까닭에 사랑의 감정이 없어지고 사무친 한이 사라진다면, 차라리 '정천에 떨어지고 한해에 빠지'겠다고 한다. 하지만 화자는 곧 '님'의 초월적 세계에 비하면 자신의 사랑은 아무것도 아님을 깨닫게 된다. 비로소 '님'의 절대성을 인식한 것이다.

제3장
불꽃

오셔요

*오셔요, 당신은 오실 때가 되었어요, 어서 오셔요.
당신은 당신의 오실 때가 언제인지 아십니까, 당신의 오실 때는 나의 기다리는 때입니다.

당신은 나의 꽃밭으로 오셔요, 나의 꽃밭에는 꽃들이 피어 있습니다.
만일 당신을 쫓아오는 사람이 있으면 당신은 꽃 속으로 들어가서 숨으십시오.
나는 나비가 되어서 당신 숨은 꽃 위에 가서 앉겠습니다.
그러면 쫓아오는 사람이 당신을 찾을 수는 없습니다.
오셔요, 당신은 오실 때가 되었습니다, 어서 오셔요.

당신은 나의 품으로 오셔요, 나의 품에는 보드라운 가슴이 있습니다.
만일 당신을 쫓아오는 사람이 있으면 당신은 머리를 숙여서 나의 가슴에 대십시오.
나의 가슴은 당신이 만질 때에는 물같이 보드랍지마는 당신의 위험을 위하여는 황금의 칼도 되고 강철의 방패도 됩니다.
나의 가슴은 말굽에 밟힌 낙화가 될지언정 당신의 머리가 나의 가슴에서 떨어질 수는 없습니다.

그러면 쫓아오는 사람이 당신에게 손을 댈 수는 없습니다.
오셔요, 당신은 오실 때가 되었습니다, 어서 오셔요.

당신은 나의 죽음 속으로 오셔요, 죽음은 당신을 위하여 준비가 언제든지 되어 있습니다.
만일 당신을 쫓아오는 사람이 있으면 당신은 나의 죽음의 뒤에 서십시오.
죽음은 허무와 만능이 하나입니다.
*죽음의 사랑은 무한인 동시에 무궁입니다.
죽음의 앞에는 군함과 포대가 티끌이 됩니다.
죽음의 앞에는 강자와 약자가 벗이 됩니다.
그러면 쫓아오는 사람이 당신을 잡을 수는 없습니다.
오셔요, 당신은 오실 때가 되었습니다, 어서 오셔요.

*오셔요, 당신은 오실 때가 되었어요, 어서 오셔요 '당신'은 절대적 존재인 임, 또는 일제로부터의 해방을 나타내낸다고 할 수 있다. *죽음의 사랑은 무한인 동시에 무궁입니다 / 죽음의 앞에는 군함과 포대가 티끌이 됩니다 죽음을 각오한 사랑의 영원함을 가리키는 말이다. 그런 사랑 앞에서는 아무리 강한 군함과 포대도 '티끌' 같은 존재가 될 수밖에 없다.

갈래 자유시, 서정시 | **성격** 상징적, 의지적 | **어조** 여성적 어조 | **표현의 특징** 반복법 | **주제** 국권 회복을 갈망하는 마음

화자는 임을 기다린다. 화자가 '기다리는' 그때가 바로 임이 올 때다. 화자는 앉아서 임을 기다리지 않고, 그 오는 길을 평탄하게 하기 위해 적극적인 싸움에 나선다. 죽음을 각오한 준비를 하고 있으므로 임은 반드시 올 것이다. 시인에게 있어 죽음은 임이 사라지고 없는 시대에 임의 길을 예비하는 최후의 유일한 담보가 된다. 죽음 앞에서는 어떤 어려움도 화자와 임의 만남을 방해하지 못한다. 죽음으로써 이제 임과 화자의 사랑은 영원한 것이 된다.

첫 키스

마셔요, 제발 마셔요.

보면서 못 보는 체 마셔요.

마셔요, 제발 마셔요.

*입술을 다물고 눈으로 말하지 마셔요.

마셔요, 제발 마셔요.

*뜨거운 사랑에 웃으면서 차디찬 잔 부끄럼에 울지 마셔요.

마셔요, 제발 마셔요.

세계의 꽃을 혼자 따면서 항분(亢奮)에 넘쳐서 떨지 마셔요.

마셔요, 제발 마셔요.

미소는 나의 운명의 가슴에서 춤을 춥니다. 새삼스럽게 스스러워

마셔요.

*입술을 다물고 눈으로 말하지 마셔요 어떤 좋은 생각을 가지고 있더라도, 그것을 입 밖에 내어 외치지 않으면 아무 소용이 없다는 뜻이다. *뜨거운 사랑에 웃으면서 차디찬 잔 부끄럼에 울지 마셔요 가슴속에는 뜨거운 열정이 용솟음치는데, 그것을 행동으로 옮기는 데는 망설이는 모양을 표현했다.

갈래 자유시, 서정시 | **성격** 의지적 | **어조** 여성적 어조 | **표현의 특징** 반복법 | **제재** 첫 키스 **주제** 생각보다 중요한 행동

일제에 대한 적극적 저항의 필요성을 '첫 키스'를 앞두고 망설이는 연인의 모습으로 표현한 시다. 눈앞의 참담한 현실을 외면하고, 하고 싶은 말이 있으면서도 침묵하던 당시의 비겁한 지식인들에게 경종을 울리는 내용이라고 할 수 있다. '새삼스럽게 스스러워'하는 이들에게 시인은 외친다. '마셔요, 제발 마셔요' 하고.

사랑의 불

산천초목에 붙는 불은 *수인씨(燧人氏)가 내셨습니다.
*청춘의 음악에 무도(舞蹈)하는 나의 가슴을 태우는 불은 가는 님이
내셨습니다.

촉석루를 안고 돌며 푸른 물결의 그윽한 품에 논개의 청춘을 잠재
우는 남강의 흐르는 물아.
모란봉의 키스를 받고 계월향의 무정을 저주하면서 능라도를 감돌
아 흐르는 실연자인 대동강아.
그대들의 권위로도 애태우는 불은 끄지 못할 줄을 번연히 알지마
는 입버릇으로 불러보았다.
만일 그대네가 쓰리고 아픈 슬픔으로 졸이다가 폭발되는 가슴 가
운데의 불을 끌 수가 있다면 그대들이 님 그리운 사람을 위하여 노
래를 부를 때에 이따금 이따금 목이 메어 소리를 이루지 못함은 무
슨 까닭인가.
남들이 볼 수 없는 그대네의 가슴속에도 애태우는 불꽃 거꾸로 타
들어가는 것을 나는 본다.

오오 님의 정열의 눈물과 나의 감격의 눈물이 마주 닿아서 다시 합류가 되는 때에 그 눈물의 첫방울로 나의 가슴의 불을 끄고 그 다음 방울을 그대네의 가슴에 뿌려주리라.

***수인씨** 팔괘를 만든 태호복희씨[太昊伏羲氏], 농사짓는 법을 가르친 염제신농씨[炎帝神農氏]와 함께 중국 고대의 전설 속 황제. 불을 발명하여 모든 사람이 이용할 수 있게 했다. ***청춘의 음악에～가는 님이 내셨습니다** '가는 님', 곧 빼앗긴 나라 때문에 젊은 피가 용솟음치는 가슴이 타는 듯 아프다는 뜻이다.

갈래 자유시, 서정시 | **성격** 상징적, 역설적 | **표현의 특징** 의인화 | **어조** 영탄조 | **주제** 빼앗긴 나라로 인한 아픔

일제에 나라를 빼앗긴 아픔을 가슴을 태우는 불로 표현한 시다. 설사 강물이라도, 곧 논개가 청춘을 묻은 남강 물도, 계월향의 '무정을 저주하'며 흐르는 대동강 물도 화자 가슴을 아프고 슬프게 하는 불을 끄지는 못한다. 그 불을 끌 수 있는 것은 오직 하나, 임의 '정열의' 눈물뿐이다. 즉 빼앗긴 나라를 되찾았을 때다. 그러면 화자는 벅찬 기쁨에 '감격의' 눈물을 흘릴 것이다.

'사랑'을 사랑하여요

당신의 얼굴은 봄 하늘의 고요한 별이어요.
그러나 찢어진 구름 사이로 돋아오는 반달 같은 얼굴이 없는 것이
아닙니다.
*만일 어여쁜 얼굴만을 사랑한다면 왜 나의 베갯모에 달을 수놓지
않고 별을 수놓아요.

당신의 마음은 티없는 숫옥이어요. 그러나 곱기도 밝기도 굳기도
보석 같은 마음이 없는 것이 아닙니다.
*만일 아름다운 마음만을 사랑한다면 왜 나의 반지를 보석으로 아
니하고 옥으로 만들어요.

당신의 시는 봄비에 새로 눈트는 금결 같은 버들이어요.
그러나 기름 같은 바다에 피어오르는 백합꽃 같은 시가 없는 것이
아닙니다.
만일 좋은 문장만을 사랑한다면 왜 내가 꽃을 노래하지 않고 버들
을 찬미하여요.

온 세상 사람들이 나를 사랑하지 아니할 때에 당신만이 나를 사랑
하였습니다.

나는 당신을 사랑하여요. 나는 당신의 '사랑'을 사랑하여요.

만일 어여쁜 얼굴만을~별을 수놓아요 '달'은 매우 아름다운 얼굴, '별'은 그보다 덜 아름다운 얼굴을 예로 든 것이다. 자신의 사랑이 외모보다는 마음을 본다는 사실을 이야기하는 것이다. **만일 아름다운 마음만을~옥으로 만들어요** 화자의 사랑은 외모가 아니라 마음에 비중을 두지만, 그 또한 다는 아니라는 뜻이다.

갈래 자유시, 서정시 | **성격** 고백적, 상징적 | **어조** 여성적 어조 | **표현의 특징** 의문형 어미로 강조 | **주제** 순수한 사랑 희구

내가 당신을 사랑하는 이유는, 아름다운 외모도 티없는 마음도 좋은 문장도 아니고 오직 나를 향한 그 순수한 사랑 때문이다. '찢어진 구름 사이로 돋아오는 반달 같은 얼굴이 없는 것'도 아니고, '곰기도 밝기도 굳기도, 보석 같은 마음이 없는 것'도 아니다. 또한 '검은 바다에 피어오르는 백합꽃 같은 시가 없는 것'도 아니다. 온 세상 사람이 나를 사랑하지 않을 때 당신만이 나를 사랑해 주었다. 그래서 나는 당신의 '사랑'을, 그 참되고 완전한 사랑을 사랑한다.

쾌락

님이여 당신은 나를 당신 계신 때처럼 잘 있는 줄로 아십니까.
그러면 당신은 나를 아신다고 할 수가 없습니다.

당신이 나를 두고 멀리 가신 뒤로는 나는 *기쁨이라고는 달도 없
는 가을 하늘에 외기러기의 발자취만큼도 없습니다.

거울을 볼 때에 절로 오던 웃음도 오지 않습니다.
꽃나무를 심고 물 주고 북돋우던 일도 아니합니다.
고요한 달그림자가 소리 없이 걸어와서 엷은 창에 소곤거리는 소
리도 듣기 싫습니다.
가물고 더운 여름 하늘에 소낙비가 지나간 뒤에 산모롱이의 작은
숲에서 나는 서늘한 맛도 달지 않습니다.
동무도 없고 노리개도 없습니다.

나는 당신 가신 뒤에 이 세상에서 얻기 어려운 쾌락이 있습니다.
그것은 다른 것이 아니라 이따금 실컷 우는 것입니다.

*기쁨이라고는 달도~발자취만큼도 없습니다 깜깜한 가을 하늘을 나는 외기러기는 생각만 해도 쓸쓸한 풍경이
다. 기러기가 난다고 보일 리 없고, 그 발자취 또한 남을 리 없다. 임이 떠난 뒤 그만큼 쓸쓸하고 외로운 자신의
처지를 강조한 것이다.

갈래 자유시, 서정시 | **성격** 고백적, 역설적 | **어조** 독백적 어조 | **표현의 특징** 부정법으로 외로움과 괴로
움 강조 | **주제** 이별로 인한 슬픔과 괴로움

'님'과 헤어진 후 화자에게 가장 즐거운 일은 '이따금 실컷 우는 것'이다. 이런 역설을 통해 화자는 임과 이별한
쓸쓸하고 괴로운 심정을 나타냈다. 임이 가신 뒤로 거울을 볼 때 절로 웃던 웃음도, 꽃나무를 심고 북돋우던 일
도, 고요한 달그림자도, 산모롱이 작은 숲에서 불어오는 서늘한 바람도 다 싫다. 화자는 절규하듯 말한다. '내
가 당신이 곁에 있을 때처럼 잘 있는 줄 안다면, 당신은 나를 잘 모르는 것입니다.'

금강산

만이천 봉! *무양(無恙)하냐 금강산아.
*너는 너의 님이 어디서 무엇을 하는지 아느냐.
너의 님은 너 때문에 가슴에서 타오르는 불꽃에 온갖 종교, 철학,
명예, 재산, 그 외에도 있으면 있는 대로 태워버리는 줄을 너는 모
르리라.

너는 꽃에 붉은 것이 너냐.
너는 잎에 푸른 것이 너냐.
너는 단풍에 취한 것이 너냐.
너는 백설에 깨인 것이 너냐.

나는 너의 침묵을 잘 안다.
너는 철모르는 아이들에게 *종작없는 찬미를 받으면서 *시쁜 웃음
을 참고 고요히 있는 줄을 나는 잘 안다.

그러나 너는 천당이나 지옥이나 하나만 가지고 있으려무나.
꿈 없는 잠처럼 깨끗하고 단순하란 말이다.
나도 짧은 갈고리로 강 건너의 꽃을 꺾는다고 큰말하는 미친 사람
은 아니다. 그래서 침착하고 단순하려고 한다.

나는 너의 입김에 불려오는 조각구름에 키스한다.

만이천 봉! 무양하냐 금강산아.
너는 너의 님이 어디서 무엇을 하는지 모르지.

*무양 몸에 병이나 탈이 없는 것을 말한다. *너는 너의 님이 어디서 무엇을 하는지 아느냐 '님은 금강산을 지키려고 온갖 애를 다 쓴다. 그런데 너 금강산은 님이 어떤 처지에 놓여 있는지 아느냐' 하는 말을 통해 시인 나름의 나라에 대한 사랑을 토로하고 있다. *종작없는 말이나 태도가 똑똑하지 못하여 종잡을 수가 없는. *시쁜 마음에 차지 아니하여 시들한.

갈래 자유시, 서정시 | **성격** 상징적 | **어조** 대화체 | **제재** 금강산 | **주제** 침묵하는 사람들에 대한 경고

'금강산'을 통해 일제에 나라를 빼앗기고도 침묵하는 사람들에게 경종을 울리기 위해 상징적으로 쓴 시다. 화자는 준엄하게 금강산을 꾸짖는다. 임이 어디서 무엇을 하는지, 또 어떤 고초를 겪고 있는지 아느냐고 나무란다. 화자는 자신은 불가능한 일을 할 수 있다고 큰소리치는 사람이 아니라고 말한다. 따라서 '침착하고 단순하려고' 하니, '너' 또한 어정쩡한 태도를 버리고 이쪽이든 저쪽이든 분명히 하라고 타이른다.

님의 얼굴

님의 얼굴을 '어여쁘다'고 하는 말은 적당한 말이 아닙니다.
어여쁘다는 말은 인간 사람의 얼굴에 대한 말이요, 님은 인간의 것
이라고 할 수가 없을 만치 어여쁜 까닭입니다.

자연은 어찌하여 그렇게 어여쁜 님을 인간으로 보냈는지 아무리
생각하여도 알 수가 없습니다.
알겠습니다. 자연의 가운데에는 님의 짝이 될 만한 무엇이 없는 까
닭입니다.

*님의 입술 같은 연꽃이 어디 있어요, 님의 살빛 같은 백옥이 어디
있어요.
봄 호수에서 님의 눈결 같은 잔물결을 보았습니까. 아침 볕에서 님
의 미소 같은 방향(芳香)을 들었습니까.
천국의 음악은 님의 노래의 반향(反響)입니다. 아름다운 별들은 님
의 눈빛의 화현(化現)입니다.

아아 *나는 님의 그림자여요.
님은 님의 그림자밖에는 비길 만한 것이 없습니다.
님의 얼굴을 어여쁘다고 하는 말은 적당한 말이 아닙니다.

＊님의 입술 같은 연꽃이 어디 있어요 연꽃보다 임의 입술이 훨씬 더 아름답다는 말이다. **＊나는 님의 그림자여요** '님'을 부처로 생각할 때, 그를 섬기는 중생의 처지에서 '나'는 그 그림자에 불과하다.

갈래 자유시, 서정시 ┃ **성격** 고백적, 산문적, 상징적 ┃ **어조** 여성적 어조 ┃ **제재** 임의 얼굴 ┃ **주제** 신비로운 임의 실체

임의 얼굴에 대해 단순히 어여쁘다고 하는 말은 적당치 않다. 자연 속에는 그런 임의 짝이 될 만한 것이 없다. 연꽃도, 백옥도, 봄 호수의 잔물결도, 그리고 아침볕도 임의 아름다움을 따라갈 수 없다. 임의 노래는 천국의 음악이고, 임의 눈빛은 밤하늘의 별이다. 이 세상에서 임에 비길 만한 것은 그 그림자밖에 없다. 그 그림자가 바로 화자다. 그러므로 화자는 유일하게 임과 어울리는 짝이다.

심은 버들

뜰 앞에 버들을 심어
님의 말을 *매렸더니
님은 가실 때에
버들을 꺾어 말채찍을 하였습니다.

버들마다 채찍이 되어서
님을 따르는 나의 말도 *채칠까 하였더니
남은 가지 천만사(千萬絲)는
해마다 해마다 보낸 한(恨)을 잡아맵니다.

*매렸더니 매려고 하였더니. *채칠까 채찍질할까.

갈래 자유시, 서정시 | **성격** 고백적, 낭만적 | **어조** 여성적 | **제재** 버들 | **주제** 떠난 임을 그리는 마음

화자는 뜰 앞에 버드나무를 심어, 임이 타고 온 말을 그 나무에 매어두려고 했다. 가지 못하게 임을 붙잡고 싶었던 것이다. 그런데 임은 무정하게도 떠나면서 그 버드나무를 꺾어 말채찍을 만들었다. 화자도 임을 따라가려고 그 버드나무로 자기 말을 채찍질하려고 했더니, 가닥가닥 늘어진 가지들은 해마다 한만 잡아매고 있다. 떠난 임은 올 생각을 하지 않고 세월 따라 한만 늘어나는 것을 한탄한 시다.

어디라도

아침에 일어나서 세수하려고 대야에 물을 떠다 놓으면 당신은 대야 안의 가는 물결이 되어서 나의 얼굴 그림자를 불쌍한 아기처럼 얼러줍니다

근심을 잊을까 하고 꽃동산에 거닐 때에 당신은 꽃 사이를 스쳐오는 봄바람이 되어서 시름없는 나의 마음에 꽃향기를 묻혀주고 갑니다.

당신을 기다리다 못하여 잠자리에 누웠더니 당신은 고요한 어둔 빛이 되어서 나의 잔 부끄러움을 살뜰히도 덮어줍니다.

어디라도 눈에 보이는 데마다 당신이 계시기에 눈을 감고 구름 위와 바다 밑을 찾아보았습니다.

당신은 미소가 되어서 나의 마음에 숨었다가 나의 감은 눈에 입맞추고 '네가 나를 보느냐'고 조롱합니다.

갈래 자유시, 서정시 ㅣ **성격** 고백적, 산문적 ㅣ **어조** 여성적 어조 ㅣ **주제** 어디에나 있는 임의 존재

한용운 시의 특징이라고 할 수 있는 '님'에 대한 간절한 기다림이 표현되어 있는 시다. 임은 눈길 닿는 곳마다, 발길 옮기는 데마다 있다. 대야 속에도, 꽃동산에도, 심지어 잠자리에도… 잔물결이 되기도 하고, 봄바람이 되기도 하고, 어둔 빛이 되기도 하며 화자 주위를 맴도는 '당신'. 이렇게 어디를 보나 '당신'이 있지만, 또 어디에도 '당신'의 실체는 없다. 다만 화자의 마음속에서 미소짓고 있을 뿐이다.

낙원은 가시덤불에서

죽은 줄 알았던 매화나무 가지에 구슬 같은 꽃망울을 맺혀주는 쇠잔한 눈 위에 가만히 오는 봄기운은 아름답기도 합니다.
그러나 그 밖에 다른 하늘에서 오는 알 수 없는 향기는 모든 꽃의 죽음을 가지고 다니는 쇠잔한 눈이 주는 줄을 아십니까.

구름은 가늘고 시냇물은 옅고 가을산은 비었는데 파리한 바위 사이에 실컷 붉은 단풍은 곱기도 합니다.
그러나 단풍은 노래도 부르고 울음도 웁니다. 그러한 '자연의 인생'은, 가을바람의 꿈을 따라 사라지고 기억에만 남아 있는 지난여름의 무르녹은 녹음이 주는 줄을 아십니까.

*일경초(一莖草)가 장육금신(丈六金身)이 되고 장육금신이 일경초가 됩니다.
*천지는 한 보금자리요 만유(萬有)는 같은 소조(小鳥)입니다.
나는 자연의 거울에 인생을 비춰보았습니다.
고통의 가시덤불 뒤에 환희의 낙원을 건설하기 위하여 님을 떠난 나는, 아아 행복입니다.

*일경초가 장육금신이 되고 장육금신이 일경초가 됩니다 한해살이풀을 말하는 '일경초'는 지극히 하찮은 것, '장육금신'은 키가 1장 6척인 금불상으로 귀하고 가치 있는 것을 비유한 말이다. 세상에 영원한 가치를 지닌 것은 없다는 뜻이다. *천지는 한 보금자리요 만유는 같은 소조입니다 세상 만물은 모두 같은 보금자리에 사는 작은 새처럼 보잘것없고 힘없는 존재라는 뜻이다.

갈래 자유시, 서정시 ｜ **성격** 종교적, 산문적 ｜ **어조** 경어체 ｜ **표현의 특징** 의인화 ｜ **주제** 자연과 인생의 윤회

죽은 줄 알았던 매화나무 가지에 꽃이 피고, 가을산의 단풍은 붉게 물들었다. 자연도 역시 인생과 마찬가지로 윤회의 사슬 속에 있다. 매화꽃을 피운 봄기운은 겨울의 죽음 뒤에 온 것이고, '노래도 부르고 울음도 우는' 단풍을 만든 것은 지난 여름의 녹음이다. 한해살이풀이 금부처가 되고 금부처가 한해살이풀이 되는 자연의 이치 속에서, 세상 만물은 모두 보잘것없고 힘없는 존재다.

참말인가요

그것이 참말인가요, 님이여, 속임 없이 말씀하여주셔요.
당신을 나에게서 빼앗아간 사람들이 당신을 보고 '그대는 님이 없다'고 하였다지요.
그래서 당신은 남모르는 곳에서 울다가 남이 보면 울음을 웃음으로 변한다지요.
사람의 우는 것은 견딜 수가 없는 것인데 울기조차 마음대로 못하고 웃음으로 변하는 것은 죽음의 맛보다도 더 쓴 것입니다.
그러면 나는 그것을 변명하지 않고는 견딜 수가 없습니다.
나의 *생명의 꽃가지를 있는 대로 꺾어서 화환을 만들어 당신의 목에 걸고 '이것이 님의 님이라'고 소리쳐 말하겠습니다.
그것이 참말인가요, 님이여, 속임 없이 말씀하여주셔요.
당신을 나에게서 빼앗아간 사람들이 당신을 보고 '그대의 님은 우리가 구하여준다'고 하였다지요.
그래서 당신은 '독신생활을 하겠다'고 하였다지요.
그러면 나는 그들에게 분풀이를 하지 않고는 견딜 수가 없습니다.
많지 않은 *나의 피를 더운 눈물에 섞어서 피에 목마른 그들의 칼에 뿌리고 '이것이 님의 님이라'고 울음 섞어서 말하겠습니다.

생명의 꽃가지를~소리쳐 말하겠습니다 항일운동을 하는 '당신'은 화자에게는 자신의 생명과도 맞바꿀 수 있을 만큼 귀한 존재다. 그래서 화자는 그에게 '생명의 꽃가지'로 화환을 만들어 바치려 하는 것이다. 화자가 그를 가리켜 '님의 님'이라고 하는 것은 그가 하는 일, 즉 항일운동이 생명을 넘어서는 절대적 의미임을 뜻한다. **나의 피를~울음 섞어서 말하겠습니다** '피에 목마른 그들'이란 일제를 말한다. 화자의 피를 눈물과 함께 그들의 칼에 뿌린다는 것은, 그 자신도 항일투쟁에 헌신할 각오가 되어 있음을 가리킨다.

갈래 자유시, 서정시 | **성격** 저항적 | **어조** 여성적 어조 | **주제** 조국 해방을 위한 각오

화자에게서 '님'을 빼앗아간 그들은 우는 것조차 마음대로 못하게 했다. 겉으로 좋은 척하고 웃으면서 임의 속이 얼마나 쓰렸을지 짐작하고도 남는다. 화자는 이제 내가 있으니 용기를 내라고 임을 북돋운다. 화자는 다짐한다. 피에 목마른 그들의 칼에 자신의 눈물과 함께 피를 뿌리고라도 언젠가는 꼭 임을 되찾아오겠다고.

꽃이 먼저 알아

옛집을 떠나서 다른 시골에 봄을 만났습니다.
꿈은 이따금 봄바람을 따라서 아득한 옛터에 이릅니다.
*지팡이는 푸르고 푸른 풀빛에 묻혀서 그림자와 서로 따릅니다.

길가에서 이름도 모르는 꽃을 보고서 행여 근심을 잊을까 하고 앉았습니다.
*꽃송이에는 아침 이슬이 아직 마르지 아니한가 하였더니, 아아 나의 눈물이 떨어진 줄이야 꽃이 먼저 알았습니다.

***지팡이는 푸르고~그림자와 서로 따릅니다** 떠도는 신세를 나타내는 지팡이가 화자의 그림자를 벗삼아 푸른 풀밭에서 움직이고 있는 광경이 눈앞에 그려진다. ***꽃송이에는 아침 이슬이~꽃이 먼저 알았습니다** 화자는 꽃에 아침 이슬이 아직 마르지 않은 줄 알았더니, 그것은 이슬이 아니라 자신의 눈물이었다. 그런데 그것을 화자보다 꽃이 먼저 알아차렸다.

갈래 자유시, 서정시 ┃ **성격** 고백적, 낭만적 ┃ **어조** 여성적 어조 ┃ **주제** 임을 잊지 못하는 슬픔

'님'을 잊기 위해 화자는 어느 해 봄 고향을 떠나 낯선 땅을 떠돌았다. 지팡이와 자신의 그림자말고는 친구도 없는 외로운 신세였다. 길가에 핀 이름 모를 꽃이 그 발길을 멈추게 했다. 시름을 달래려고 그 자리에 앉아 꽃을 들여다보았다. 꽃송이에는 아침 이슬이 아직 마르지도 않고 달려 있었다. 그런데 그것이 사실은 아직도 '님'을 잊지 못한 화자 자신의 눈물이었다. 그것이 이슬이 아니라 화자의 눈물임을 꽃이 먼저 알았다.

후회

당신이 계실 때에 알뜰한 사랑을 못하였습니다.
*사랑보다 믿음이 많고 즐거움보다 조심이 더하였습니다.
게다가 나의 성격이 냉담하고 더구나 가난에 쫓겨서 병들어 누운
당신에게 도리어 *소활(疏闊)하였습니다.
그러므로 당신이 가신 뒤에 떠난 근심보다 뉘우치는 눈물이 많습
니다.

*사랑보다 믿음이 많고 즐거움보다 조심이 더하였습니다 사랑하는 즐거움을 누리기보다는 오히려 믿음직스러
운 존재로서 조심스럽게 대했다는 뜻이다. *소활하다 서로 서먹서먹하여 가깝지 아니하다.

갈래 자유시, 서정시 ｜ **성격** 고백적 ｜ **어조** 여성적 어조 ｜ **제재** 후회 ｜ **주제** 떠난 임에 대한 아쉬움

사랑하는 사람을 떠나보내고 나서 그동안 정성을 다해 받들지 못했음을 뉘우치는 정을 읊은 시다. 누구나 사
랑하는 사람과 헤어지고 나면 후회를 한다. 화자는 냉담한 성격 때문에, 또 가난 때문에 병들어 누운 '당신'을
서먹서먹하게 대했음을 뉘우친다. 한용운이 이 시에서 가리키는 '당신'은 개인이라기보다는 조국이다. 하지만
개인이든 조국이든 사랑하는 마음은, 또 떠나보낸 뒤에 좀더 잘해주지 못했음을 후회하는 마음은 마찬가지일
것이다.

사랑하는 까닭

내가 당신을 사랑하는 것은 까닭이 없는 것이 아닙니다.
다른 사람들은 나의 *홍안만을 사랑하지마는 당신은 *나의 백발도
사랑하는 까닭입니다.

내가 당신을 그리워하는 것은 까닭이 없는 것이 아닙니다.
다른 사람들은 나의 미소만을 사랑하지마는 당신은 나의 눈물도
사랑하는 까닭입니다.

내가 당신을 기다리는 것은 까닭이 없는 것이 아닙니다.
다른 사람들은 나의 건강만을 사랑하지마는 당신은 나의 죽음도
사랑하는 까닭입니다.

＊홍안 붉은 얼굴이라는 뜻으로, 젊어서 혈색이 좋은 얼굴을 이르는 말이다. **＊나의 백발도 사랑하는 까닭입니다** 외모가 아니라 그 존재 전부를 사랑한다는 뜻이다.

갈래 자유시, 서정시 | **성격** 고백적, 의지적 | **어조** 여성적 어조 | **표현의 특징** 반복법, 산문적 리듬 | **주제** 임을 사랑하는 까닭

젊음만 아니라 늙어서 초췌해진 모습도 사랑한다. 외모뿐만 아니라 존재 전부를 사랑한다는 뜻이다. 미소만 아니라 눈물도 사랑한다. 기쁜 일뿐만 아니라 슬픈 일까지 함께 나눈다는 뜻이다. 건강만 아니라 죽음도 사랑 한다. 건강할 때나 병들었을 때나 언제나 한결같이 사랑한다는 뜻이다. 그것이 바로 참된 사랑이다. 당신이 나 를 그렇게 사랑하니, 나도 당신을 사랑하고, 그리워하고, 또 기다린다.

꿈이라면

*사랑의 속박이 꿈이라면
출세의 해탈도 꿈입니다.
웃음과 눈물이 꿈이라면
무심의 광명도 꿈입니다.
일체만법(一切萬法)이 꿈이라면
사랑의 꿈에서 불멸을 얻겠습니다.

사랑의 속박이 꿈이라면 '세속적 사랑'은 온갖 번뇌의 씨앗이며, 따라서 속박이 된다. 불교에서는 그조차도 변하는 것으로, 꿈으로 생각한다. ***일체만법이 꿈이라면 / 사랑의 꿈에서 불멸을 얻겠습니다** 죽은 후 인간의 영혼만이 아니라 물질도 그 형태만 바뀌어 영원토록 윤회한다는 것이 '일체만법 불생불멸'이다. 그런데 화자는 '세속적 사랑'이라는 꿈을 통하여 '불멸'을 얻겠다고 한다. 화자에게는 그만큼 '사랑'이 크고 깊고 넓다는 뜻이다.

갈래 자유시, 서정시 | **성격** 종교적, 의지적, 관념적 | **주제** 사랑의 절대성

죽은 후 인간의 영혼만이 아니라 물질도 그 형태만 바뀌어 영원토록 윤회한다고 한다. 양초에 불을 붙이면 양초는 타서 없어진다. 하지만 양초를 이루고 있는 원소가 흩어진 것일 뿐 결코 사라진 것은 아니다. 흩어진 원소는 짐승·나무 등에 모두 흡수되어 순환된다. 이것이 바로 불교에서 말하는 '일체만법 불멸불생'의 원리다. 그런데 일체만법이, 곧 우주의 이 모든 것이 꿈이라면, 화자는 차라리 '사랑의 꿈에서 불멸을 얻겠다'고 한다. 일제시대 내내 한용운이 조국의 독립을 위해 그토록 치열하게 살았던 이유는 그 '사랑' 때문이었다.

당신의 편지

당신의 편지가 왔다기에 꽃밭 매던 호미를 놓고 떼어보았습니다.
그 편지는 글씨는 가늘고 글줄은 많으나 사연은 간단합니다.
*만일 님이 쓰신 편지면 글은 짧을지라도 사연은 길 터인데.

당신의 편지가 왔다기에 바느질 그릇을 치워놓고 떼어보았습니다
그 편지는 나에게 잘 있느냐고만 묻고 언제 오신다는 말은 조금도
없습니다.
만일 님이 쓰신 편지면 나의 일은 묻지 않더라도 언제 오신다는 말
을 먼저 썼을 터인데.

당신의 편지가 왔다기에 약을 달이다 말고 떼어보았습니다.
그 편지는 당신의 주소는 *다른 나라의 군함입니다.
만일 님이 쓰신 편지면 남의 군함에 있는 것이 사실이라 할지라도
편지에는 군함에서 떠났다고 하였을 터인데.

---

*만일 님이 쓰신 편지면~사연은 길 터인데 정말 '님'이 쓴 편지라면, 비록 간단할지라도 그 내용은 알찰 것이라
는 뜻이다. *다른 나라의 군함 일제의 침략적인 군사력을 상징하는 말이다.

갈래 자유시, 서정시 | **성격** 역설적, 고백적 | **어조** 여성적 어조 | **표현의 특징** 반복법 | **제재** 임의 편지 |
주제 임의 변심

'당신'에게서 편지가 왔다. 너무도 반가워서 하던 일을 멈추고 열어보았다. 그런데 그 편지는 글은 길지만 사
연이 간단하고, 안부만 묻고 언제 돌아온다는 말이 없다. 아쉽고 섭섭한 마음을 억누르며 '님'이 쓴 편지가 아
니라고 애써 자신을 달랜다. 만일 '님'이 쓴 편지라면, 글은 짧아도 사연이 길고, 다른 말은 없어도 언제 온다는
말을 먼저 썼을 것이다. 그러니 이 편지는 필시 '님'이 보낸 것이 아니다.

달을 보며

달은 밝고 당신이 하도 그리웠습니다.
자던 옷을 고쳐 입고 뜰에 나와 퍼지르고 앉아서 달을 한참 보았습니다.

달은 차차차 당신의 얼굴이 되더니 넓은 이마, 둥근 코, 아름다운 수염이 역력히 보입니다.
*간 해에는 당신의 얼굴이 달로 보이더니 오늘 밤에는 달이 당신의 얼굴이 됩니다.

*당신의 얼굴이 달이기에 나의 얼굴도 달이 되었습니다.
나의 얼굴은 그믐달이 된 줄을 당신이 아십니까.
아아 당신의 얼굴이 달이기에 나의 얼굴도 달이 되었습니다.

*간 해에는~얼굴이 됩니다 처음에는 임의 얼굴이 달로 보였는데, 이제는 달이 임의 얼굴로 보인다. 달과 임의 얼굴이 일체화될 정도로 임 그리는 마음이 넘친다는 뜻이다. ***당신의 얼굴이 달이기에~달이 되었습니다** 이번에는 임의 얼굴과 화자의 얼굴이 일체화되었다. 달은 곧 임이고 화자 자신이다.

갈래 자유시, 서정시 | **성격** 고백적, 상징적 | **어조** 여성적 어조 | **주제** 임 그리는 마음

달 밝은 밤, 임 그리운 마음에 자다 말고 뜰에 나와 달을 쳐다본다. 달 속에 임의 얼굴이 보인다. 넓은 이마, 둥근 코, 아름다운 수염… 처음 헤어져서는 임의 얼굴이 달로 보이더니 오늘 밤엔 달이 임의 얼굴이 된다. 셋째 연에서 화자는 되풀이해서 읊는다. '당신의 얼굴이 달이기에 나의 얼굴도 달이 되었습니다.' 마침내 화자 자신도 달이 되었다. 달은 곧 임이고 또 화자 자신이다.

인과율(因果律)

당신은 옛 맹세를 깨치고 가십니다.

당신의 맹세는 얼마나 참되었습니까. 그 맹세를 깨치고 가는 이별은 믿을 수가 없습니다.

*참 맹세를 깨치고 가는 이별은 옛 맹세로 돌아올 줄을 압니다. 그것은 엄숙한 인과율입니다.

나는 당신과 떠날 때에 입맞춘 입술이 마르기 전에 당신이 돌아와서 다시 입맞추기를 기다립니다.

그러나 당신이 가시는 것은 옛 맹세를 깨치려는 고의가 아닌 줄을 나는 압니다.

비겨 당신이 지금의 이별을 영원히 깨치지 않는다 하여도 당신의 최후의 접촉을 받은 나의 입술을 다른 남자의 입술에 대일 수는 없습니다.

*참 맹세를 깨치고 가는 이별은~엄숙한 인과율입니다 '인과율'이란 모든 일은 원인이 있기 때문에 생긴 결과이며 원인이 없이는 아무 일도 생기지 않는다는 법칙이다. 화자는 맹세를 깨뜨리고 떠나간 '당신'이 돌아올 것을 확신한다. 둘 사이의 사랑이 참되었기 때문이다. 참된 사랑이 원인이라면, 그 맹세를 지키는 것은 너무도 당연한 결과다.

갈래 자유시, 서정시 **| 성격** 의지적, 고백적 **| 어조** 여성적 어조 **| 제재** 인과율 **| 주제** 임과의 만남에 대한 의지

회자정리 거자필반[會者定離 去者必返]. 만남이 있으면 헤어짐이 있고, 헤어진 사람은 언젠가 반드시 돌아온다. 이것은 '엄숙한 인과율'이다. 둘 사이의 사랑이 진실했으므로, 설령 임이 떠난다 해도 맹세를 깨뜨리려는 고의가 아닌 것을 안다. 이별이 영원히 지속된다 해도, 또 어떤 어려운 상황이 닥친다 해도 화자는 마음에 간직한 사랑을 지킬 것이다. '당신'이 돌아올 것을 확신하니까.

선사(禪師)의 설법

나는 선사의 설법을 들었습니다.

*'너는 사랑의 쇠사슬에 묶여서 고통을 받지 말고 사랑의 줄을 끊어라. 그러면 너의 마음이 즐거우리라'고 선사는 큰 소리로 말하였습니다.

그 선사는 어지간히 어리석습니다.

사랑의 줄에 묶인 것이 아프기는 아프지만 사랑의 줄을 끊으면 죽는 것보다도 더 아픈 줄을 모르는 말입니다.

사랑의 속박은 단단히 얽어매는 것이 풀어주는 것입니다.

그러므로 대해탈(大解脫)은 속박에서 얻는 것입니다.

님이여 나를 얽은 님의 사랑의 줄이 약할까 봐서 나의 님을 사랑하는 줄을 *곱들였습니다.

---

*너는 사랑의 쇠사슬에 묶여서(⋯)너의 마음이 즐거우리라 여기서 말하는 사랑은 '세속적인 사랑'이다. 선사가 그 사랑의 줄을 끊으라고 한 것은 번뇌의 씨앗이 되기 때문이다. *곱들였습니다 '두 배로 더 단단히 묶었습니다'라는 뜻이다.

갈래 자유시, 서정시 | **성격** 고백적, 산문적 | **어조** 독백적 어조 | **제재** 선사의 설법 | **주제** 임을 향한 끊을 수 없는 사랑

번뇌의 씨앗이 되는 사랑의 줄을 끊으라고 한 선사의 설법은 옳다. 세속의 욕망과 집착을 버리면 더 이상 괴롭지 않아도 된다. 이 시에서 화자의 사랑의 대상인 '님'은 일제치하에 있는 조국으로 볼 수 있다. 눈앞의 어두운 현실을 모른 체하고 살면 마음이 편안할지도 모른다. 하지만 화자는 아무리 애를 써도 '님'과 나 사이를 이은 사랑의 줄을 끊을 수가 없다. '사랑의 줄에 묶이는 것이 아프기는 하지만' 그것을 끊으면 더 아프기 때문이다. 그래서 더 괴롭더라도, '나를 얽은 님의 사랑의 줄이 약할까' 염려되어 그 줄을 곱절이나 강하게 만드는 것이다.

잠꼬대

'사랑이라는 것은 다 무엇이냐, 진정한 사람에게는 눈물도 없고 웃음도 없는 것이다.
사랑의 뒤웅박을 발길로 차서 깨뜨려버리고 눈물과 웃음을 티끌 속에 합장(合葬)을 하여라.
이지(理智)와 감정을 두드려 깨쳐서 가루를 만들어버려라.
그러고 허무의 절정에 올라가서 어지럽게 춤추고 미치게 노래하여라.
그러고 애인과 악마를 똑같이 술을 먹여라.
그러고 천치가 되든지 미치광이가 되든지 산송장이 되든지 하여버려라.

그래 너는 죽어도 사랑이라는 것은 버릴 수가 없단 말이냐.
그렇거든 사랑의 꽁무니에 *도롱태를 달아라.
그래서 네 멋대로 끌고 돌아다니다가 쉬고 싶거든 쉬고 자고 싶거든 자고 살고 싶거든 살고 죽고 싶거든 죽어라.
*사랑의 발바닥에 말목을 쳐놓고 붙들고 서서 엉엉 우는 것은 우스운 일이다.
이 세상에는 이마빡에다 〈님〉이라고 새기고 다니는 사람은 하나도 없다.

연애는 절대자유요, *정조는 유동(流動)이요, 결혼식장은 임간(林間)이다.'
나는 잠결에 큰 소리로 이렇게 부르짖었다.

아아 혹성같이 빛나는 님의 미소는 흑암의 광선에서 채 사라지지 아니하였습니다.
잠의 나라에서 몸부림치던 사랑의 눈물은 어느덧 베개를 적셨습니다.
용서하셔요 님이여, 아무리 잠이 지은 허물이라도 님이 벌을 주신다면 그 벌을 잠을 주기는 싫습니다.

*도롱태 사람이 밀거나 끌게 된 간단한 나무 수레. *사랑의 발바닥에~우스운 일이다 사랑이 꼼짝 못하게 가는 나무 말뚝을 박아 붙잡아놓고 우는 것은 우스꽝스러운 짓이다. *정조는 유동이요 '정조'란 이성관계에서 순결을 지키는 것을 말한다. 그런데 이 말에 '이리저리 자주 옮겨다니다'라는 뜻의 '유동'을 붙인 것은 그야말로 헛소리다.

갈래 자유시, 서정시 | 성격 격정적, 상징적 | 제재 잠꼬대 | 주제 사랑의 괴로움

사랑은 괴로운 것이다. 영원히 벗어날 수 없는 굴레처럼. '천치'나 '미치광이'나 '산송장'이 되지 않고는 견딜 수 없는 그 괴로움을 잠꼬대라는 형식을 빌려 토로하고 있는 시다. 둘째 연까지의 내용은 격정에 차서 내뱉는 듯한 잠꼬대다. 과연 사랑은 '웃음'이면서 동시에 '눈물'이다. 따라서 화자는 차마 사랑을 버릴 수가 없다. 마지막 셋째 연에서 화자는 잠에서 깬 차분한 어조로 용서를 빌고 있다. 그리고 잠 속에서 그렇게 떨쳐버리려 했던 그 사랑의 상대인 임이 주는 것이면, 그것이 설령 벌일지라도 달게 받겠다고 말한다.

*계월향에게

계월향이여 그대는 아리땁고 무서운 최후의 미소를 거두지 아니한 채로 대지의 침대에 잠이 들었습니다.
*나는 그대의 다정을 슬퍼하고 그대의 무정을 사랑합니다.

대동강에 낚시질하는 사람은 그대의 노래를 듣고 모란봉에 밤놀이 하는 사람은 그대의 얼굴을 봅니다.
아이들은 그대의 산 이름을 외우고 시인은 그대의 죽은 그림자를 노래합니다.

사람은 반드시 다하지 못한 한을 끼치고 가게 되는 것이다.
그대는 남은 한이 있는가 없는가, 있다면 그 한은 무엇인가.
그대는 하고 싶은 말을 하지 않습니다.

그대의 붉은 한은 현란한 저녁놀이 되어서 하늘길을 가로막고 황량한 떨어지는 날을 돌이키고자 합니다.
그대의 푸른 근심은 드리고 드린 버들실이 되어서 꽃다운 무리를 뒤에 두고 운명의 길을 떠나는 저문 봄을 잡아매려 합니다.

나는 황금의 소반에 아침볕을 받치고 매화가지에 새봄을 걸어서 그대의 잠자는 곁에 가만히 놓아드리겠습니다.

자 그러면 속하면 하룻밤, 더디면 한겨울, 사랑하는 계월향이여.

* **계월향** 조선 선조 때의 평양 명기(名妓)로, 평안도 병마절도사 김응서(金應瑞)의 애첩. 임진왜란 때 왜장 고니시 유키나가(小西行長)의 부장(副將)을 유인, 김응서로 하여금 머리를 베게 한 뒤 자신은 자결하였다.   * **나는 그대의 다정을 슬퍼하고 그대의 무정을 사랑합니다** 사랑하는 김응서 장군을 도와 적장의 목을 베게 한 것이 '다정'이고, 나라를 위해 목숨을 버린 것이 '무정'이다.

갈래 자유시, 서정시 | **성격** 감각적, 상징적 | **표현의 특징** 활유법 | **제재** 계월향 | **주제** 순국을 기리는 마음

계월향은 나라를 위해, 사랑하는 사람을 위해 목숨을 버린 여인이다. 한용운은 그 애국에, 그 사랑에 마음이 끌렸을 것이다. 그녀가 간 지 삼백 년이 넘었지만, 그 노랫소리는 대동강에 맴돌고 그 얼굴은 모란봉에 어른거린다. 아이들은 그녀의 이름을 입에 올리고, 시인은 그녀의 나라 사랑하는 마음을 기린다.

만족

세상에 만족이 있느냐, 인생에게 만족이 있느냐.
있다면 나에게도 있으리라.

세상에 만족이 있기는 있지마는 사람의 앞에만 있다.
거리는 사람의 팔길이와 같고 속력은 사람의 걸음과 비례가 된다.
만족은 잡으려야 잡을 수도 없고 버리려야 버릴 수도 없다.

만족을 얻고 보면 얻은 것은 불만족이요, 만족은 의연히 앞에 있다.
*만족은 우자(愚者)나 성자(聖者)의 주관적 소유가 아니면 약자의 기
대뿐이다.
*만족은 언제든지 인생과 수적(竪的) 평행이다.
나는 차라리 발꿈치를 돌려서 만족의 묵은 자취를 밟을까 하노라.

아아 나는 만족을 얻었노라.
아지랑이 같은 꿈과 금실 같은 환상이 님 계신 꽃동산에 둘릴 때에
아아 나는 만족을 얻었노라.

만족은 우자나~약자의 기대뿐이다 만족이란 어리석은 자나 지혜와 덕이 뛰어난 사람만이 느낄 수 있는 감정이다. 그렇지 않으면 약한 자가 그러기를 바라는 것일 뿐이다. **만족은 언제든지 인생과 수적 평행이다** '수적(竪的)'이란 마주섬을 뜻한다. 인생과 만족은 나란히 마주선 것과 같은 관계다. 따라서 사람은 결코 만족할 수 없는 존재다.

갈래 자유시, 서정시 | **성격** 종교적, 명상적 | **제재** 만족 | **주제** 욕심을 버릴 때 채워지는 만족

세상에 만족이 있을까, 인생에 만족이 있을까. 없다. 하나를 가지면 둘을 원하고, 둘을 가지면 셋을 원하는 것이 사람의 욕심이다. 시인은 만족이란 '인생과 수적 평행'의 관계를 이루고 있다고 했다. 잡으려야 잡을 수 없고 버리려야 버릴 수 없다고도 했다. 그런데, 그런데 욕심을 버리고 자족할 때 채워지는 것이 바로 만족이다. 버릴 때 비로소 채워지고, 죽으려 할 때 비로소 살게 된다. 기막힌 인생의 아이러니다.

고대(苦待)

당신은 나로 하여금 날마다 날마다 당신을 기다리게 합니다.
해가 저물어 산그림자가 촌집을 덮을 때에 나는 기약 없는 기대를 가지고 마을 숲 밖에 가서 기다리고 있습니다.
*소를 몰고 오는 아이들의 풀잎피리는 제 소리에 목마칩니다.
먼 나무로 돌아가는 새들은 저녁 연기에 헤엄칩니다.
*숲들은 바람과의 유희를 그치고 잠잠히 섰습니다. 그것은 나에게 동정하는 표상입니다.
시내를 따라 굽이친 모랫길이 어둠의 품에 안겨서 잠들 때에 나는 고요하고 아득한 하늘에 긴 한숨의 사라진 자취를 남기고 게으른 걸음으로 돌아옵니다.

당신은 나로 하여금 날마다 날마다 당신을 기다리게 합니다.
어둠의 입이 황혼의 엷은 빛을 삼킬 때에 나는 시름없이 문 밖에서 당신을 기다립니다.
다시 오는 별들은 고운 눈으로 반가운 표정을 빛내면서 머리를 조아 다투어 인사합니다.
*풀 사이의 벌레들은 이상한 노래로 백주(白晝)의 모든 생명의 전쟁을 쉬게 하는 평화의 밤을 공양합니다.
네모진 작은 못의 연잎 위에 발자취 소리를 내는 실없는 바람이 나

를 조롱할 때에 나는 아득한 생각이 날카로운 원망으로 화합니다.

당신은 나로 하여금 날마다 날마다 당신을 기다리게 합니다.
일정한 보조로 걸어가는 사정(私情)없는 시간이 모든 희망을 채찍
질하여 밤과 함께 몰아갈 때에 나는 쓸쓸한 잠자리에 누워서 당신
을 기다립니다.
가슴 가운데의 저기압은 인생의 해안에 폭풍우를 지어서 삼천세계
(三千世界)는 유실되었습니다.
벗을 잃고 견디지 못하는 가엾은 잔나비는 정(情)의 삼림에서 저의
숨에 질식되었습니다.
우주와 인생의 근본 문제를 해결하는 대철학(大哲學)은 눈물의 삼
매에 입정(入定)되었습니다.
나의 '기다림'은 나를 찾다가 못 찾고 저의 자신까지 잃어버렸습
니다.

[*]**소를 몰고 오는~목마칩니다** 임 기다리는 화자의 마음을 대변하는 구절이다. '목마치다'는 '목메다'의 뜻이다.
[*]**숲들은 바람과의~동정하는 표상입니다** 바람이 자서 숲이 고요한 것을, 기약 없이 임을 기다리는 자신을 동정하는 뜻으로 해석한 것이다. [*]**풀 사이의 벌레들은~평화의 밤을 공양합니다** 풀벌레들의 노랫소리가 우주의 모든 생명을 편안히 쉬게 한다고 생각하여 한 말이다. '공양'은 부처님에게 향·등·음식 같은 것을 바치는 일을 가리킨다.

갈래 자유시, 서정시 | **성격** 고백적, 감각적, 상징적 | **어조** 여성적 어조 | **표현의 특징** 반복법, 의인법
주제 임 기다리는 마음

기약 없이 떠난 '당신'을 날마다 기다리는 화자의 쓸쓸한 모습이 연상되는 시다. 눈에 보이는 모든 것이 임 기다리는 그를 동정하는 듯하다. 아이들의 풀잎피리는 목이 메고, 숲의 나무들은 바람이 그친 가운데 조용하다. 어둠이 짙어가는 가운데, 화자는 긴 한숨을 남기고 힘없이 돌아선다. 하지만 다음날도, 또 그 다음날도 화자는 하염없이 '당신'을 기다린다. 오지 않는 임을 기다리다 지쳐 '기다림'은 갈 바를 찾지 못하고, 끝내는 화자 자신마저 잃어버린다.

제4장
보내는 마음

군말

'님'만 님이 아니라 *기룬 것은 다 님이다. 중생이 석가의 님이라면 철학은 칸트의 님이다. 장미화의 님이 봄비라면 *마시니의 님은 이태리다. 님은 내가 사랑할 뿐 아니라 나를 사랑하느니라.

연애가 자유라면 님도 자유일 것이다. 그러나 너희는 이름 좋은 자유에 알뜰한 구속을 받지 않느냐. *너에게도 님이 있느냐. 있다면 님이 아니라 너의 그림자니라.

나는 해 저문 벌판에서 돌아가는 길을 잃고 헤매는 어린 양이 기루어서 이 시를 쓴다.

*기룬 그리운. *마시니 마치니(Giuseppe Mazzini, 1805-1872)를 말한다. 이탈리아의 혁명가이자 통일운동 지도자. *너에게도 님이 있느냐~너의 그림자니라 '님'이 상징하는 것은 일제에 빼앗긴 나라다. 당시의 암울한 상황을 나타낸 구절이라고 할 수 있다.

갈래 자유시, 서정시 | **성격** 산문적 | **어조** 고백적 어조 | **주제** 임의 정의

'군말'이란 쓸데없이 덧붙이는 말이라는 뜻이다. 여기서는 '서문', '책머리에'라는 뜻으로 자신의 글을 낮춰서 겸손하게 표현한 것이다. 이 시에서 한용운은 '나는 해 저문 벌판에서 돌아가는 길을 잃고 헤매는 어린 양이 기루어서 이 시를 쓴다'고 했다. '기루어서'는 앞의 '기룬'과는 달리 '애처롭고 불쌍해서'라고 풀이해야 한다. 여기서 '양'은 중생의 또다른 비유다. 그러므로 이 시의 바탕에는 불쌍한 중생을 구하려는 석가의 마음이 깔려 있는 것이다.

최초의 님

맨 첨에 만난 님과 님은 누구이며 어느 때인가요.
맨 첨에 이별한 님과 님은 누구이며 어느 때인가요.
맨 첨에 만난 님과 님이 맨 첨으로 이별하였습니까, 다른 님과 님이 맨 첨으로 이별하였습니까.

나는 맨 첨에 만난 님과 님이 맨 첨으로 이별한 줄로 압니다.
*만나고 이별이 없는 것은 님이 아니라 나입니다.
이별하고 만나지 않는 것은 님이 아니라 길가는 사람입니다.
우리들은 님에 대하여 만날 때에 이별을 염려하고 이별할 때에 만남을 기약합니다.
그것은 맨 첨에 만난 님과 님이 다시 이별한 유전성의 흔적입니다.

그러므로 만나지 않는 것도 님이 아니요 이별이 없는 것도 님이 아닙니다.
님은 만날 때에 웃음을 주고 떠날 때에 눈물을 줍니다.
*만날 때의 웃음보다 떠날 때의 눈물이 좋고 떠날 때의 눈물보다 다시 만날 때의 웃음이 좋습니다.
아아 님이여, 우리의 다시 만나는 웃음은 어느 때에 있습니까.

[＊]**만나고 이별이 없는 것은 님이 아니라 나입니다** '님'은 다른 '님'과 이별했지만, 나는 '님'과 헤어진 적이 없다는 말이다. [＊]**만날 때의 웃음보다~다시 만나는 웃음이 좋습니다** 떠날 때 슬퍼하는 것보다 다시 만날 때 기뻐하는 것이 훨씬 더 낫다는 뜻이다. 따라서 다시 만날 것이 전제가 된 상태라면, 떠날 때의 눈물도 나쁘다고 할 수만은 없는 것이다.

갈래 자유시, 서정시 ┃ **성격** 고백적, 의지적 ┃ **어조** 여성적 어조 ┃ **표현의 특징** 문답법 ┃ **주제** 이별을 앞둔 임에 대한 사랑

'님'은 사무치는 그리움의 대상이다. 몸은 비록 헤어져 있어도 그립고, 잊으려 하면 할수록 더욱 잊혀지지 않는 존재다. 이별을 앞두고 화자는 애써 마음을 달랜다. '임은 반드시 나를 만나러 다시 올 것이다.' 이별이란 사랑의 끝이 아니다. 만남이 전제가 되기 때문이다. '떠날 때의 눈물보다 다시 만나는 웃음'이 더 좋은 이유다. 그러나 아무리 마음을 달래도 이별은 역시 슬픈 것이다. 과연 임을 다시 만나 웃음 지을 날이 올까, 화자는 문득 두려워진다.

떠날 때의 님의 얼굴

꽃은 떨어지는 향기가 아름답습니다.
해는 지는 빛이 곱습니다.
노래는 목마친 가락이 묘합니다.
님은 떠날 때의 얼굴이 더욱 어여쁩니다.

떠나신 뒤에 *나의 환상의 눈에 비치는 님의 얼굴은 눈물이 없는
눈으로는 바로 볼 수가 없을 만치 어여쁠 것입니다.
님의 떠날 때의 어여쁜 얼굴을 나의 눈에 새기겠습니다.
님의 얼굴은 나를 울리기에는 너무도 야속한 듯하지마는 *님을 사
랑하기 위하여는 나의 마음을 즐겁게 할 수가 없습니다.
만일 그 어여쁜 얼굴이 영원히 나의 눈을 떠난다면 그때의 슬픔은
우는 것보다도 아프겠습니다.

*나의 환상의 눈에 비치는 님의 얼굴 임을 떠나보내고 나서, 화자가 그리운 마음에 눈앞에 그려보는 얼굴을 가
리킨다. *님을 사랑하기~즐겁게 할 수가 없습니다 떠날 때의 임의 표정은 야속할 정도로 냉정하겠지만, 너무
도 사랑하기 때문에 화자는 이별하지 않을 수 없는 이 상황이 슬프다.

갈래 자유시, 서정시 | **성격** 고백적, 역설적 | **어조** 여성적 어조 | **주제** 임과의 이별을 슬퍼하는 마음

꽃은 떨어질 때의 향기가 더 진하고, 해는 서산으로 넘어갈 때의 빛이 더 곱고, 노래는 목멘 가락이 더 듣기 좋
은 것처럼, '님'은 떠날 때의 얼굴이 더욱 아름답다고 자위를 해본다. 그래야 이별이 닥쳐도 아무렇지 않은 듯
임을 보내줄 수 있으니까. 떠날 때의 임의 표정은 쌀쌀맞겠지만, 그래도 사무치도록 사랑하기 때문에 그 마음
은 야속하기보다 슬플 것이다. 그런데 임이 정말 영원히 내 곁을 떠난다면, 그때는 슬프다 못해 아플 것이다.

두견새

두견새는 실컷 운다.
울다가 못 다 울면
피를 흘려 운다.

이별한 한(恨)이야 너뿐이랴마는
울려야 울지도 못하는 나는
*두견새 못 된 한을 또다시 어찌하리.

야속한 두견새는
돌아갈 곳도 없는 나를 보고도
*'불여귀 불여귀(不如歸不如歸)'.

***두견새 못 된 한을 또다시 어찌하리** 두견새는 맺힌 한을 피를 흘려 울기라도 해서 푼다. 그런데 화자는 마음대로 울지도 못한 채 두견새가 못 된 것을 한스럽게 여긴다는 뜻이다. ***불여귀** '돌아가지 못한다'는 뜻이다. 울음소리가 그렇게 들린다 하여 두견새를 가리킨다.

갈래 자유시, 서정시 │ **성격** 상징적, 저항적 │ **제재** 두견새 │ **주제** 이별의 한

옛날 중국의 촉(蜀)나라 왕 망제(望帝)가 나라를 빼앗기고 타국으로 쫓겨났다. 망제는 촉나라로 돌아가지 못하는 신세를 한탄하며 울다 지쳐 죽었는데, 그 한맺힌 넋이 두견새로 변했다. 그후로 두견새는 밤마다 '불여귀 불여귀' 하고 목에서 피가 나도록 울었다. 화자는 피를 흘려가며 우는 두견새를 보며, 울려야 울지도 못하는 자신의 한을 떠올린다. '돌아갈 곳조차 없는' 화자는 두견새의 울음소리가 마냥 야속하기만 하다.

나의 꿈

당신이 맑은 새벽에 나무 그늘 사이에서 산보할 때에 나의 꿈은 작은 별이 되어서 당신의 머리 위에 지키고 있겠습니다.

당신이 여름날에 더위를 못 이기어 낮잠을 자거든 나의 꿈은 맑은 바람이 되어서 당신의 주위에 떠돌겠습니다.

당신이 고요한 가을밤에 그윽이 앉아서 글을 볼 때에 나의 꿈은 귀뚜라미가 되어서 책상 밑에서 '귀똘귀똘' 울겠습니다.

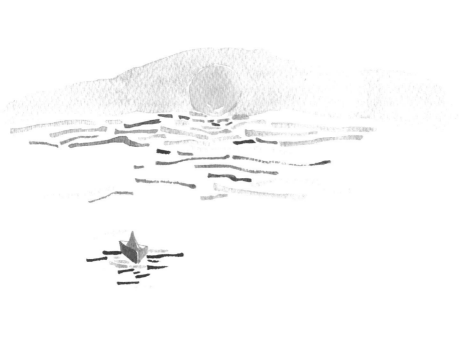

갈래 자유시, 서정시 | **성격** 서정적, 고백적 | **제재** 나의 꿈 | **주제** 임에 대한 순종적인 사랑

화자의 꿈은 보통 사람들이 원하는 재물이나 지위, 명예를 이루는 것이 아니다. 그저 자연의 일부가 되어 '당신'과 함께 있고 싶다. 여섯 행에 불과한 시는 '당신이 ~할 때 나는 ~하겠다'는 형식을 갖추고 있다. 새벽에 당신이 나무 그늘 사이를 거닐 때는 작은 별이 되어 지키고, 당신이 여름에 낮잠을 잘 때는 맑은 바람이 되어 주위를 떠돌고, 또 당신이 가을밤 조용히 글을 읽을 때는 귀뚜라미가 되어 책상 밑에서 울겠다는 것이다. 당신이 어떤 처지든, 어떤 상황이든 그 곁을 지키고 따르겠다는 순종적인 화자의 사랑을 엿볼 수 있는 시다.

우는 때

꽃핀 아침, 달 밝은 저녁, 비 오는 밤, 그때가 가장 님 그리운 때라
고 남들은 말합니다.
나도 같은 고요한 때로는 그때에 많이 울었습니다.

*그러나 나는 여러 사람이 모여서 말하고 노는 때에 더 울게 됩니다.
님 있는 여러 사람들은 나를 위로하여 좋은 말을 합니다마는 나는
그들의 위로하는 말을 조소로 듣습니다.
그때에는 울음을 삼켜서 *눈물을 속으로 창자를 향하여 흘립니다.

***그러나 나는~더 울게 됩니다** 혼자 있는 조용한 시간보다, 여럿이 모여 웃고 떠들 때 더욱더 임이 그리워서 눈물이 난다. ***눈물을 속으로 창자를 향하여 흘립니다** 슬픔이 지나치면 눈물도 안 나온다. 그런 때는 눈물이 속으로 흘러 창자를 적시는 법이다. 이별의 슬픔이 그만큼 크다는 뜻이다.

갈래 자유시, 서정시 | **성격** 애상적, 고백적 | **주제** 이별의 슬픔

임 그리운 마음에 때가 있는 것은 아니다. 화자는 '꽃 핀 아침, 달 밝은 저녁, 비 오는 밤'처럼 홀로 있는 고요한 때도 많이 운다. 하지만 여러 사람이 모여 웃고 떠들 때, 더욱 떠난 임이 그리워 눈물이 난다. 사랑하는 사람이 곁에 있는 이들은 화자를 위로하지만, 그런 말이 비웃음으로 들리는 것을 어쩌랴. 그럴 때 화자는 겉으로는 아무렇지도 않은 체하나, 터져나오는 울음을 삼켜 속으로 눈물을 철철 흘린다.

타고르의 시(Gardenisto)를 읽고

벗이여, *나의 벗이여, *애인의 무덤 위의 피어 있는 꽃처럼 나를 울리는 벗이여.
작은 새의 자취도 없는 사막의 밤에 문득 만난 님처럼 나를 기쁘게 하는 벗이여.
그대는 옛 무덤을 깨치고 *하늘까지 사무치는 백골의 향기입니다.
그대는 화환을 만들려고 꽃을 줍다가 다른 가지에 걸려서 주운 꽃을 헤치고 부르는 *절망인 희망의 노래입니다.

벗이여, 깨어진 사랑에 우는 벗이여.
눈물이 능히 떨어진 꽃을 옛 가지에 도로 피게 할 수는 없습니다.
눈물을 떨어진 꽃에 뿌리지 말고 꽃나무 밑의 티끌에 뿌리셔요.
벗이여, 나의 벗이여.
죽음의 향기가 아무리 좋다 하여도 백골의 입술에 입맞출 수는 없습니다.
그의 무덤을 황금의 노래로 그물치지 마셔요. 무덤 위에 피 묻은 깃대를 세우셔요.
그러나 죽은 대지가 시인의 노래를 거쳐서 움직이는 것을 봄바람은 말합니다.

벗이여, 부끄럽습니다. 나는 그대의 노래를 들을 때에 어떻게 부끄럽고 떨리는지 모르겠습니다.

그것은 내가 나의 님을 떠나서 홀로 그 노래를 듣는 까닭입니다.

*나의 벗이여 '벗'이란 타고르를 가리킨다. 한용운은 타고르의 시와 사상에서 많은 영향을 받았다. *애인의 무덤 위의 피어 있는 꽃 나라를 잃은 슬픔을 아름답게 표현한 말이다. *하늘까지 사무치는 백골의 향기 죽음을 상징하는 백골에 향기가 나고, 더구나 그것이 하늘까지 사무친다고 했다. 생명이 없는, 절망과 슬픔만을 담고 있는 시를 뜻한다. *절망인 희망의 노래입니다 타고르의 시는 희망을 노래하고 있어 아름답지만, 눈앞의 현실은 절망이라는 말이다.

갈래 자유시, 서정시 ǀ **성격** 비판적, 의지적, 현실적 ǀ **어조** 경어체 ǀ **표현의 특징** 반복법, 산문체 **제재** 타고르 시에 대한 비판적 이해 ǀ **주제** 절망적인 현실을 극복하고자 하는 의지

한용운이 인도의 시인 타고르의 시를 읽고 나서 그 감상을 노래한 것이다. 'Gardenisto'라는 작품은 '원정 (園丁)', 곧 '정원사(The Gardener)'를 에스페란토어로 번역한 것이다. 한용운이 이 작품을 썼을 당시 우리나라는 일본, 타고르의 조국 인도는 영국의 식민지였다. 한용운과 타고르는 한 나라의 지식인으로서, 시인으로서 조국의 해방과 독립에 대해 같은 열망을 지녔을 것이다. 타고르에게 '벗이여'라고 한 것은 아마도 그런 의미이리라.

수(繡)의 비밀

나는 당신의 옷을 다시 지어놓았습니다.
*심의(深衣)도 짓고 도포도 짓고 자리옷도 지었습니다.
짓지 아니한 것은 작은 주머니에 수놓는 것뿐입니다.

그 주머니는 나의 손때가 많이 묻었습니다.
*짓다가 놓아두고 짓다가 놓아두고 한 까닭입니다.
다른 사람들은 나의 바느질 솜씨가 없는 줄로 알지마는 그러한 비밀은 나밖에는 아는 사람이 없습니다.
나는 마음이 아프고 쓰린 때에 주머니에 수를 놓으려면 나의 마음은 수놓은 금실을 따라서 바늘구멍으로 들어가고 주머니 속에서 맑은 노래가 나와서 나의 마음이 됩니다.
그리고 아직 이 세상에는 그 주머니에 넣을 만한 무슨 보물이 없습니다.
이 작은 주머니는 짓기 싫어서 짓지 못하는 것이 아니라 *짓고 싶어서 다 짓지 않는 것입니다.

*심의 옛날에 신분 높은 선비들이 입던 웃옷이다. 흰색 천으로 만들고 깃·소맷부리 등 옷 가장자리에 검정 비단으로 선을 둘렀다. *짓다가 놓아두고~까닭입니다 한꺼번에 수를 놓지 못하고 아껴서 짓는 모양을 나타낸 것이다. *짓고 싶어서 다 짓지 않는 것입니다 역설을 통해 주머니를 짓지 못하는 이유를 강조하고 있다.

갈래 자유시, 서정시 | **성격** 상징적, 역설적 | **표현의 특징** 여성적 어조로 화자의 소망 표현 | **제재** 수놓기 **주제** 임을 기다리는 마음, 수에 담긴 사랑의 비밀

화자는 '당신'을 위해 심의, 도포, 자리옷, 게다가 주머니까지 준비했다. 이제 주머니에 수만 놓으면 되는데, '짓다가 놓아두고 짓다가 놓아두고' 하여 손때가 많이 묻었다. 그 까닭을 가락에 실어 편 것이 이 시다. 화자에게 수를 놓는 과정은 '당신'을 기다리는 방법이며 '당신'에 대한 영원한 사랑을 표현하는 방식이다. 수를 놓으면서 임을 기다리는 것은 화자의 삶 그 자체다. 수를 다 놓는다는 것은 임을 기다리는 일이 끝났음을 의미한다. 화자가 이 기다림, 곧 자신의 삶을 인정하는 한 수놓기는 영원히 끝나지 않을 것이다.

*논개의 애인이 되어서 그의 묘(廟)에

날과 밤으로 흐르고 흐르는 남강은 가지 않습니다.

바람과 비에 우두커니 섰는 촉석루는 살 같은 광음(光陰)을 따라서 달음질칩니다.

논개여 나에게 울음과 웃음을 동시에 주는 사랑하는 논개여.

그대는 조선의 무덤 가운데 피었던 좋은 꽃의 하나이다. 그래서 그 향기는 썩지 않는다.

나는 시인으로 그대의 애인이 되었노라.

그대는 어디 있느뇨. 죽지 않은 그대가 이 세상에는 없구나.

나는 황금의 칼에 베어진 꽃과 같이 향기롭고 애처로운 그대의 당년(當年)을 회상한다.

술 향기에 목마친 고요한 노래는 옥(獄)에 묻힌 썩은 칼을 울렸다.

춤추는 소매를 안고 도는 무서운 찬바람은 귀신 나라의 꽃수풀을 거쳐서 떨어지는 해를 얼렸다.

가냘픈 그대의 마음은 비록 침착하였지만 떨리는 것보다도 더욱 무서웠다.

아름답고 무독(無毒)한 그대의 눈은 비록 웃었지만 우는 것보다도 더욱 슬펐다.

붉은 듯하다가 푸르고 푸른 듯하다가 희어지며 가늘게 떨리는 그대의 *입술은 웃음의 조운(朝雲)이냐, 울음의 모우(暮雨)이냐, 새벽달의 비밀이냐, 이슬꽃의 상징이냐.

*삐비 같은 그대의 손에 꺾이지 못한 낙화대의 남은 꽃은 부끄럼에 취하여 얼굴이 붉었다.
옥 같은 그대의 발꿈치에 밟힌 강언덕의 묵은 이끼는 교긍(驕矜)에 넘쳐서 푸른 사롱(紗籠)으로 자기의 제명(題名)을 가리었다.

아아 나는 그대도 없는 빈 무덤 같은 집을 그대의 집이라고 부릅니다.
만일 이름뿐이나마 그대의 집도 없으면 그대의 이름을 불러볼 기회가 없는 까닭입니다.
나는 꽃을 사랑합니다마는 그대의 집에 피어 있는 꽃을 꺾을 수는 없습니다.
그대의 집에 피어 있는 꽃을 꺾으려면 나의 창자가 먼저 꺾어지는 까닭입니다.
나는 꽃을 사랑합니다마는 그대의 집에 꽃을 심을 수는 없습니다.
그대의 집에 꽃을 심으려면 나의 가슴에 가시가 먼저 심어지는 까닭입니다.

용서하여요 논개여, 금석 같은 굳은 언약을 저버린 것은 그대가 아니요 나입니다.

용서하여요 논개여, 쓸쓸하고 호젓한 잠자리에 외로이 누워서 끼친 한에 울고 있는 것은 내가 아니요 그대입니다.

나의 가슴에 '사랑'의 글자를 황금으로 새겨서 그대의 사당에 기념비를 세운들 그대에게 무슨 위로가 되오리까.

나의 노래에 '눈물'의 곡조를 낙인으로 찍어서 그대의 사당에 제종(祭鐘)을 울린대도 나에게 무슨 속죄가 되오리까.

나는 다만 그대의 유언대로 그대에게 다하지 못한 사랑을 영원히 다른 여자에게 주지 아니할 뿐입니다. 그것은 그대의 얼굴과 같이 잊을 수가 없는 맹세입니다.

용서하여요 논개여, 그대가 용서하면 나의 죄는 신에게 참회를 아니한대도 사라지겠습니다.

천추에 죽지 않는 논개여,

하루도 살 수 없는 논개여,

그대를 사랑하는 나의 마음이 얼마나 즐거우며 얼마나 슬프겠는가.

나의 웃음이 겨워서 눈물이 되고 눈물이 겨워서 웃음이 됩니다.

용서하여요, 사랑하는 오오 논개여.

*논개(論介) 조선 선조 때 진주의 관기(官妓)다. 임진왜란 중 진주성이 왜적에게 짓밟힐 때, 적장을 끌어안고 함께 남강에 몸을 던져 순국했다. 그때 논개가 몸을 던진 바위를 의암(義岩)이라고 하는데, 후에 의암에 사당을 세워 그 절개를 기리게 되었다. *입술은 웃음의 조운이냐 울음의 모우냐 적장을 껴안고 남강에 몸을 던지기로 결심했을 때의 논개의 어지러운 마음을 나타낸 것이다. '조운모우(朝雲暮雨)'는 아침의 구름과 저녁의 비라는 뜻으로, 남녀의 정교(情交)를 이른다. *삐비 '삘기'의 방언(전남, 충남). 논개의 손이 가늘고 길다는 것을 나타내기 위한 비유인 듯하다.

갈래 자유시, 서정시 │ **성격** 상징적, 회상적, 애도적 │ **어조** 영탄적 어조, 경건한 어조 │ **표현의 특징** 대구법과 대조법, 적절한 상징과 비유로 대상의 의미를 구체적으로 나타냄. │ **제재** 논개 │ **주제** 논개의 순국에 대한 추모와 참회 및 조국 독립에 대한 결의

임진왜란 때 적장과 함께 진주 남강에 투신, 산화한 의기 논개를 '님'으로 설정하고 쓴 시다. 시인은 이 작품을 통하여 논개의 높은 절개와 순국을 찬양하면서, 그 민족혼과 조국애의 부활로 일제강점기라는 암울한 터널을 하루빨리 지나기를 바라고 있다. 그리고 자신에게 실천의지가 부족함을 고백하고 용서를 구하며, 잃어버린 조국과 역사를 언젠가는 되찾으리라 결의를 다진다.

버리지 아니하면

나는 잠자리에 누워서 자다가 깨고 깨다가 잘 때에 외로운 등잔불은 *각근(恪勤)한 파수꾼처럼 온 밤을 지킵니다.
당신이 나를 버리지 아니하면 나는 일생의 등잔불이 되어서 당신의 백년을 지키겠습니다.

나는 책상 앞에 앉아서 여러 가지 글을 볼 때에 내가 요구만 하면 글은 좋은 이야기도 하고 맑은 노래도 부르고 엄숙한 교훈도 줍니다.
당신이 나를 버리지 아니하면 나는 복종의 백과전서가 되어서 당신의 요구를 수응하겠습니다.

나는 거울을 대하여 당신의 키스를 기다리는 입술을 볼 때에 속임 없는 거울은 내가 웃으면 거울도 웃고 내가 찡그리면 거울도 찡그립니다.
당신이 나를 버리지 아니하면 나는 *마음의 거울이 되어서 속임 없이 당신의 고락을 같이하겠습니다.

🪶

*각근한 정성을 다하여 부지런히 힘쓰는 것을 '각근하다'고 한다. *마음의 거울이~고락을 같이하겠습니다 무엇이든 속이지 않고 비추는 거울처럼 '당신'에게 절대적으로 순종하겠다는 다짐이다.

갈래 자유시, 서정시 | **성격** 고백적, 의지적 | **어조** 여성적 어조 | **주제** 임을 향한 변함없는 순종과 사랑

임을 향한 화자의 사랑은 변함없고, 또한 순종적이다. 임도 나와 같기를 바라는 마음이 절절하게 표현된 시다. 만약 나를 버리지만 않는다면, 나는 임을 위해 '등잔불'이 되고, '복종의 백과전서'가 되고, '마음의 거울'이 될 것이다. 그래서 백년 동안이라도 임의 밤을 지키고, 임이 요구하기만 하면 무슨 일이든 순종하고, 언제까지나 임과 고락을 같이할 것이다. 그러니 임이여, 부디 나를 버리지 말기를.

당신 가신 때

당신이 가실 때에 나는 다른 시골에 병들어 누워서 이별의 키스도 못하였습니다.
그때는 가을바람이 첨으로 나서 단풍이 한 가지에 두서너 잎이 붉었습니다.

*나는 영원의 시간에서 당신 가신 때를 끊어내겠습니다. 그러면 시간은 두 도막이 납니다.
시간의 한 끝은 당신이 가지고 한 끝은 내가 가졌다가 당신의 손과 나의 손과 마주잡을 때에 가만히 이어놓겠습니다.
그러면 붓대를 잡고 *남의 불행한 일만을 쓰려고 기다리는 사람들도 당신의 가신 때는 쓰지 못할 것입니다.
나는 영원의 시간에서 당신 가신 때를 끊어내겠습니다.

*나는 영원의 시간에서 당신 가신 때를 끊어내겠습니다 임과 이별한 일만 생각하면 가슴이 아프다. 그래서 내 생애에서 아예 없었던 일로 만들고 싶다는 뜻이다. *남의 불행한 일만을~쓰지 못할 것입니다 '당신'이 떠난 것을 아예 없었던 일로 만들면, 남의 불행한 일만을 쓰려고 하는 사람들도 어쩔 수가 없을 것이다.

갈래 자유시, 서정시 | **성격** 상징적, 의지적 | **표현의 특징** 반복법 | **제재** 임과의 이별 | **주제** 임과의 이별을 부정하는 마음

막 단풍이 들기 시작할 때 있었던 임과의 이별은 너무 가슴이 아프다. 아예 없었던 일로 만들고 싶다. 그러려면 영원의 시간에서 그때를 끊어내면 되지 않을까. '남의 불행한 일만을 쓰려고 기다리는 사람들도' 두 사람의 이별을 눈치채지 못할 것이다. 두 도막이 난 시간의 한 끝은 임, 다른 한 끝은 화자가 가졌다가 다시 만날 때 이어놓으면 감쪽같을 것이다. 화자는 임과의 이별을 부정하며 언젠가 재회할 것을 확신한다.

요술

가을 홍수가 작은 시내의 쌓인 낙엽을 휩쓸어가듯이 당신은 나의 환락의 마음을 빼앗아갔습니다. 나에게 남은 마음은 고통뿐입니다. 그러나 나는 당신을 원망할 수는 없습니다. 당신이 가기 전에는 나의 고통의 마음을 빼앗아간 까닭입니다.
*만일 당신이 환락의 마음과 고통의 마음을 동시에 빼앗아간다 하면 나에게는 아무 마음도 없겠습니다.

나는 하늘의 별이 되어서 구름의 면사(面紗)로 낯을 가리고 숨어 있겠습니다.
나는 바다의 진주가 되었다가 당신의 구두에 단추가 되겠습니다.
당신이 만일 별과 진주를 따서 게다가 마음을 넣어서 다시 당신의 님을 만든다면 그때에는 환락의 마음을 넣어주셔요.
부득이 고통의 마음도 넣어야 하겠거든 당신의 고통을 빼어다가 넣어주셔요.
그리고 *마음을 빼앗아가는 요술은 나에게는 가르쳐주지 마셔요.
그러면 지금의 이별이 사랑의 최후는 아닙니다.

[*]**만일 당신이[⋯]아무 마음도 없겠습니다** '환락의 마음'과 '고통의 마음'은 모두 임을 사랑함으로써 생긴 마음이다. 그런데 그 마음을 다 빼앗아버리면, 화자에게는 남는 것이 없다는 말이다. [*]**마음을 빼앗아가는~가르쳐주지 마셔요** 마음을 빼앗긴다는 것은 참으로 괴로운 일이다. 그러니 '당신'은 그런 괴로움을 겪지 않도록 '내게' 그런 방법을 가르쳐주지 말라는 것이다.

갈래 자유시, 서정시 **| 성격** 상징적, 고백적 **| 어조** 여성적 어조 **| 제재** 요술 **| 주제** 임에게 달린 내 마음

임을 향한 화자의 사랑은 고통과 번민에 싸여 있다. 임은 화자의 마음을 즐겁게도, 괴롭게도 할 수 있는 사람이다. 화자는 임이 주는 것이라면 고통도 감수할 용의가 있다. 어쩔 수 없이 고통을 주어야 한다면, 임의 고통까지도 함께 달라고 한다. '나'는 괴롭고 아플지라도 '당신'이 괴롭고 아픈 것은 못 보겠다는 것이다.

그를 보내며

그는 간다. 그가 가고 싶어서 가는 것이 아니요, 내가 보내고 싶어서 보내는 것도 아니지만, 그는 간다.

그의 붉은 입술, 흰 이, 가는 눈썹이 어여쁜 줄만 알았더니 *구름 같은 뒷머리, 실버들 같은 허리, 구슬 같은 발꿈치가 보다 더 아름답습니다.

걸음이 걸음보다 멀어지더니 보이려다 말고 말려다 보인다.

사람이 멀어질수록 마음이 가까워지고 마음이 가까워질수록 사람은 멀어진다.

*보이는 듯한 것이 그의 흔드는 수건인가 하였더니 갈매기보다도 작은 조각구름이 난다.

---

*구름 같은 뒷머리, 실버들 같은 허리, 구슬 같은 발꿈치가 보다 더 아름답습니다** 돌아서 가는 임의 뒷모습을 보며 아쉬워하는 마음을 표현했다. *보이는 듯한 것이~작은 조각구름이 난다** 멀어져가는 임이 손수건이라도 흔들어주지 않나 했다가, 그 기대가 허무하게 끝나 아쉽다.

갈래 자유시, 서정시 | **성격** 고백적, 애상적 | **표현의 특징** 대구법으로 안타까움 강조 | **주제** 이별의 아쉬움

'가고 싶어 가는 것도 아니고 보내고 싶어 보내는 것도 아닌'데, 임은 간다. 가는 뒷모습을 보니, 그동안 몰랐던 아름다움이 눈에 들어온다. '보이려다 말고 말려다 보이는' 임. 거리가 멀어질수록 마음은 더 가까워진다. 눈이 아프도록 쳐다보고 있는데, 하얀 무엇인가가 보인다. 혹시 임도 내 마음 같아 아쉬움에 수건을 흔드는가 하여 자세히 보니, 작은 조각구름이었다. 어쩔 수 없이 떠나는 임을 바라보며 아쉬움에 눈물짓는 화자의 마음이 잘 표현된 시다.

당신의 마음

나는 당신의 눈썹이 검고 귀가 갸름한 것도 보았습니다.

그러나 당신의 마음을 보지 못하였습니다.

당신이 사과를 따서 나를 주려고 크고 붉은 사과를 따로 쌀 때에 *당신의 마음이 그 사과 속으로 들어가는 것을 분명히 보았습니다.

나는 당신의 둥근 배와 잔나비 같은 허리를 보았습니다.

그러나 당신의 마음을 보지 못하였습니다.

당신이 나의 사진과 어떤 여자의 사진을 같이 들고 볼 때에 당신의 마음이 두 사진의 사이에서 초록빛이 되는 것을 분명히 보았습니다.

나는 당신의 발톱이 희고 발꿈치가 둥근 것도 보았습니다.

그러나 당신의 마음을 보지 못하였습니다.

당신이 떠나시려고 나의 큰 보석반지를 주머니에 넣으실 때에 당신의 마음이 보석반지 너머로 얼굴을 가리고 숨는 것을 분명히 보았습니다.

***당신의 마음이~분명히 보았습니다** 바로 위에서 마음을 보지 못했다고 하더니. 이 행에서는 그 마음이 사과 속으로 들어가는 것을 분명히 보았다고 했다. 마음은 눈으로 볼 수 있는 것이 아니지만, 어떤 사물에는 담길 수가 있다. 여기서는 사과가 바로 그 사물이다.

갈래 자유시, 서정시 | **성격** 역설적, 상징적, 산문적 | **표현의 특징** 반복법, 활유법 | **주제** 임의 마음

마음이란 실체가 없다. 눈으로 볼 수도, 손으로 만질 수도 없다. 특히 '당신'의 마음은 종잡기가 힘들다. 이 시에서도 화자는 '당신'의 마음을 보지 못했다고 한다. 그러나 바로 그 다음 행에서 앞서 화자가 한 말이 반어(反語)라는 사실을 알 수 있다. 그 마음이 사과 속으로 들어가는 것을, 사진을 보며 초록빛이 되는 것을, 그리고 보석반지 너머로 얼굴을 가리고 숨는 것을 화자는 '분명히' 보았다. 전체적으로 역설이 빛나는 시다.

명상

아득한 명상의 작은 배는 가이없이 출렁거리는 달빛의 물결에 표
류되어 멀고 먼 별나라를 넘고 또 넘어서 이름도 모르는 나라에 이
르렀습니다.
이 나라에는 어린 아기의 미소와 봄 아침과 바다 소리가 합하여 사
람이 되었습니다.
이 나라 사람은 옥새의 귀한 줄도 모르고 황금을 밟고 다니고 *미
인의 청춘을 사랑할 줄도 모릅니다.
이 나라 사람은 웃음을 좋아하고 푸른 하늘을 좋아합니다.

명상의 배를 이 나라의 궁전에 매었더니 이 나라 사람들은 나의 손
을 잡고 같이 살자고 합니다.
그러나 나는 *님이 오시면 그의 가슴에 천국을 꾸미려고 돌아왔
습니다.
달빛의 물결은 흰구름을 머리에 이고 춤추는 어린 풀의 장단을 맞
추어 우줄거립니다.

＊**미인의 청춘을 사랑할 줄도 모릅니다** 세속적인 아름다움에 큰 비중을 두지 않는 경지를 말한 것이다. ＊**님이 오시면~돌아왔습니다** 화자는 꿈꾸어오던 진리의 나라 사람으로부터 같이 살자는 말을 들었다. 그러나 그는 임이 반드시 돌아올 것을 믿었으므로, 세속적 사랑과 이별이 있는 지상으로 돌아왔다.

갈래 자유시, 서정시 ｜ **성격** 산문적, 종교적 ｜ **표현의 특징** 산문적인 자유시로, 화자의 명상을 '마음의 여행' 에 비유함. ｜ **제재** 명상 ｜ **주제** 이상적 세계에 대한 동경

화자는 '마음의 여행'에 나선다. 깊은 명상을 통해 '가이없이 출렁이는 달빛의 물결'에 떠가다가, 멀고먼 별나라를 넘어 '이름도 모르는' 나라에 이른다. 그 나라 사람들은 행복을 추구하고 자연을 귀하게 여기는 이상적인 삶을 살고 있었다. 그곳에서 같이 살자는 제의를 뿌리치고, 화자는 세속적인 사랑이 있고 이별이 있는 현실세계로 돌아온다. 조국 땅에 그 이상적인 나라를 세우기 위해서였다.

여름밤이 길어요

당신이 계실 때에는 겨울밤이 짧더니 당신이 가신 뒤에는 여름밤이 길어요.

*책력의 내용이 그릇되었나 하였더니 개똥불이 흐르고 벌레가 웁니다.

긴 밤은 어디서 오고 어디로 가는 줄을 분명히 알았습니다.

*긴 밤은 근심 바다의 첫 물결에서 나와서 슬픈 음악이 되고 아득한 사막이 되더니 필경 절망의 성(城) 너머로 가서 악마의 웃음 속으로 들어갑니다.

그러나 당신이 오시면 나는 *사랑의 칼을 가지고 긴 밤을 베어서 일천 도막을 내겠습니다.

당신이 계실 때는 겨울밤이 짧더니 당신이 가신 뒤는 여름밤이 길어요.

*책력의 내용이~벌레가 웁니다 밤이 하도 길어서 혹시 달력이 잘못된 게 아닌가 했다. 그런데 반딧불이가 날아다니고 풀벌레 우는 걸 보니. 여름이 분명하다. *긴 밤은 근심 바다의(…)웃음 속으로 들어갑니다 겨울밤에 비해 훨씬 짧은 여름밤이 길게 느껴지는 것은, 그만큼 떠난 임이 그립기 때문이다. *사랑의 칼을~일천 도막을 내겠습니다 임이 오시면 그 밤을 칼로 베어두었다가, 홀로 있는 외로운 시간에 꺼내어 펼쳐보겠다는 뜻이다.

갈래 자유시, 서정시 | **성격** 고백적, 감상적 | **어조** 여성적 어조 | **구조** 수미상관 | **제재** 여름밤 | **주제** 이별한 임을 그리는 아픈 마음

떠난 임이 얼마나 사무치게 그리우면, 그 짧은 여름밤이 길게 느껴지겠는가. 잠 안 오는 고통스러운 밤을 보내고 나서 화자는 비로소 '긴 밤이 어디서 오고 어디로 가는 줄을 분명히' 깨달았다. 밤이 짧게 느껴지는 것도, 또 길게 느껴지는 것도 모두 임 때문이다. 그래서 결심한다. 임이 다시 오시면, 그 밤을 일천 도막을 내어 간직해두리라. 그랬다가 여름밤이 길게 느껴지는 이런 시간에 꺼내어 펼쳐보리라.

칠석

'차라리 님이 없이 스스로 님이 되고 살지언정 하늘 위의 직녀성은 되지 않겠어요, 네 네.' 나는 언제인지 님의 눈을 쳐다보며 조금 아양스런 소리로 이렇게 말하였습니다.

이 말은 *견우님을 그리는 직녀가 일년에 한 번씩 만나는 칠석을 어찌 기다리나 하는 동정의 저주였습니다.

이 말에는 나는 *모란꽃에 취한 나비처럼 일생을 님의 키스에 바쁘게 지나겠다는 교만한 맹세가 숨어 있습니다.

아아 알 수 없는 것은 운명이요 지키기 어려운 것은 맹세입니다.

나의 머리가 당신의 팔 위에 도리질을 한 지가 칠석을 열 번이나 지나고 또 몇 번을 지났습니다.

그러나 그들은 나를 용서하고 불쌍히 여길 뿐이요 무슨 복수적 저주를 아니하였습니다.

그들은 밤마다 밤마다 은하수를 사이에 두고 마주 건너다보며 이야기하고 놉니다.

그들은 해쭉해쭉 웃는 은하수의 강안(江岸)에서 물을 한줌씩 쥐어서 서로 던지고 다시 뉘우쳐 합니다.

그들은 물에다 발을 잠그고 반비슥이 누워서 서로 안 보는 체하고 무슨 노래를 부릅니다.

그들은 갈잎으로 배를 만들고 그 배에다 무슨 글을 써서 물에 띄우고 입김으로 불어서 서로 보냅니다. 그리고 서로 글을 보고 이해하지 못하는 것처럼 잠자코 있습니다.

그들은 돌아갈 때에는 서로 보고 웃기만 하고 아무 말도 아니합니다.

지금은 칠월칠석날 밤입니다.

그들은 난초 실로 주름을 접은 연꽃의 웃옷을 입었습니다.

그들은 한 구슬에 일곱빛 나는 계수나무 열매의 노리개를 찼습니다.

키스의 술에 취할 것을 상상하는 그들의 뺨은 먼저 기쁨을 못 이기는 자기의 열정에 취하여 반이나 붉었습니다.

그들은 오작교를 건너갈 때에 걸음을 멈추고 웃옷의 뒷자락을 검사합니다.

그들은 오작교를 건너서 서로 포옹하는 동안에 눈물과 웃음의 순서를 잃더니 다시금 공경하는 얼굴을 보입니다.

아아 알 수 없는 것은 운명이요 지키기 어려운 것은 맹세입니다.

나는 그들의 사랑이 표현인 것을 보았습니다.

진정한 사랑은 표현할 수가 없습니다.

그들은 나의 사랑을 볼 수는 없습니다.

사랑의 신성(神聖)은 표현에 있지 않고 비밀에 있습니다.

그들이 나를 하늘로 오라고 손짓을 한대도 나는 가지 않겠습니다.

지금은 칠월칠석날 밤입니다.

견우님을 그리는~동정의 저주였습니다 견우와 직녀는 서로 깊이 사랑하면서도 일년에 한 번밖에 만나지 못한다. 화자는 그들을 동정하는 한편, 사랑하면서도 떨어져 살아야 하는 그 운명이 저주스럽기도 하다. **모란꽃에 취한 나비처럼~맹세가 숨어 있습니다** 화자가 견우와 직녀를 동정하는 한편 저주하는 바탕에는, 자신은 평생 임과 헤어지지 않고 사랑하며 살겠다는 생각이 깔려 있다는 뜻이다.

갈래 자유시, 서정시 │ **성격** 상징적, 산문적 │ **표현의 특징** 반복을 통한 강조 │ **제재** 칠석 │ **주제** 사랑의 실체

칠월칠석은 견우와 직녀가 오작교를 건너 일년에 한 번 만나는 날이다. 화자는 서로를 깊이 사랑하면서도 일년에 한 번밖에 만나지 못하는 그들을, 한편으로는 동정하고 한편으로는 저주스럽게 생각한다. 그러면서 자신은 평생 임의 곁에서 사랑하며 보내겠다고 맹세한다. 그러나 알 수 없는 것은 운명이고, 지키기 어려운 것은 맹세라서 몹시 불안하다.

생의 예술

모르는 결에 쉬어지는 한숨은 봄바람이 되어서 야윈 얼굴을 비추는 거울에 이슬꽃을 핍니다.
나의 주위에는 화기(和氣)라고는 한숨의 봄바람밖에는 아무것도 없습니다.
하염없이 흐르는 눈물은 수정이 되어서, 깨끗한 슬픔의 성경(聖境)을 비춥니다.
나는 *눈물의 수정이 아니면 이 세상에 보물이라고는 하나도 없습니다.

한숨의 봄바람과 눈물의 수정은 떠난 님을 그리워하는 정(情)의 추수입니다.
저리고 쓰린 슬픔은 힘이 되고 열이 되어서 어린 양과 같은 작은 목숨을 살아 움직이게 합니다.
*님이 주시는 한숨과 눈물은 아름다운 생의 예술입니다.

*눈물의 수정이~보물이라고는 하나도 없습니다 눈물을 보석인 수정에 비유했다. 그것밖에 보물이 없다는 것은 화자의 처지가 몹시 불행함을 뜻한다. *님이 주시는~생의 예술입니다 역설적인 표현이다. 임으로 인한 한숨과 눈물이 화자의 삶을 아름답게 하는 예술이라는 뜻이다.

갈래 자유시, 서정시 | **성격** 고백적, 역설적 | **주제** 임이 주는 것이면 슬픔도 예술.

화자는 떠난 임으로 인해 한숨짓고 눈물을 흘리면서도, 그것이 아니면 살아갈 수가 없다고 고백한다. 모두 '아름다운 생의 예술'이라는 것이다. 시인은 역설을 통해 슬픔이 '힘이 되고 열이 되는' 경지를 강조한다. '어린 양과 같은 작은 목숨을 살아 움직이게 하는' 힘, 그것은 바로 임이 주는 한숨과 눈물이다.

꽃싸움

당신은 두견화를 심으실 때에 '꽃이 피거든 꽃싸움하자'고 나에게 말하였습니다.
꽃은 피어서 시들어가는데 당신은 옛 맹세를 잊으시고 아니 오십니까.

나는 한 손에 붉은 꽃수염을 가지고 한 손에 흰 꽃수염을 가지고 꽃싸움을 하여서 이기는 것은 당신이라 하고 지는 것은 내가 됩니다.
그러나 정말로 당신을 만나서 꽃싸움을 하게 되면 나는 붉은 꽃수염을 가지고 당신은 흰 꽃수염을 가지게 합니다.
그러면 당신은 나에게 번번이 지십니다.
그것은 내가 이기기를 좋아하는 것이 아니라 당신이 나에게 지기를 기뻐하는 까닭입니다.
번번이 이긴 나는 당신에게 우승의 상을 달라고 조르겠습니다.
그러면 당신은 빙긋이 웃으며 나의 뺨에 입맞추겠습니다.
꽃은 피어서 시들어가는데 당신은 옛 맹세를 잊으시고 아니 오십니까.

갈래 자유시, 서정시 | **성격** 고백적, 산문적 | **제재** 꽃싸움 | **주제** 오지 않는 임을 기다리는 마음

꽃싸움은 꽃이나 꽃술을 맞걸어 당겨, 끊어지는 쪽이 지는 놀이다. 두견화(진달래꽃)를 심을 때 임은 꽃이 피거든 꽃싸움을 하고 했다. 화자는 양손에 꽃을 들고 임과 꽃싸움하는 흉내를 낸다. 임이 화자에게 지는 것을 기뻐하니, 아마도 자신이 번번이 이길 것이다. 그러면 이긴 상으로 뺨에 입맞춰 달라고 해야지. 상상이 꼬리를 문다. 꽃은 진작 피었다가 어느덧 시들어가는데, 옛 맹세를 잊은 임은 돌아올 줄 모른다.

거문고 탈 때

달 아래에서 거문고를 타기는 근심을 잊을까 함이러니, 처음 곡조
가 끝나기 전에 눈물이 앞을 가려서 밤은 바다가 되고 거문고 줄은
무지개가 됩니다.

거문고 소리가 높았다가 가늘고 가늘다가 높을 때에 당신은 거문
고 줄에서 그네를 뜁니다.

마지막 소리가 바람을 따라서 느티나무 그늘로 사라질 때에 당신
은 나를 힘없이 보면서 아득한 눈을 감습니다.

아아 당신은 사라지는 거문고 소리를 따라서 아득한 눈을 감습니다.

갈래 자유시, 서정시 | **성격** 애상적, 상징적 | **제재** 거문고 소리 | **주제** 임 그리는 마음

고요한 달빛 아래 거문고를 타면서 사무치게 그리운 임을 생각한다. 한 곡조가 끝나기도 전 임 생각에 눈물이
앞을 가린다. 거문고 소리가 높았다가 낮아지고 낮았다가 높아질 때, 화자는 '거문고 줄에서 그네를 뛰는' 임의
환영을 본다. 마지막 거문고 소리가 '느티나무 그늘로 사라질 때', 임의 환영은 화자를 힘없이 보면서 아득하게
눈을 감는다.

눈물

내가 본 사람 가운데는 눈물을 진주라고 하는 사람처럼 미친 사람
은 없습니다.
그 사람은 피를 홍보석이라고 하는 사람보다도 더 미친 사람입니다.
그것은 연애에 실패하고 흑암(黑闇)의 기로에서 헤매는 늙은 처녀
가 아니면 신경이 기형적으로 된 시인의 말입니다.
만일 눈물이 진주라면 나는 님이 신물(信物)로 주신 반지를 내놓고
는 세상의 진주라는 진주는 다 티끌 속에 묻어버리겠습니다.

나는 눈물로 장식한 옥패(玉佩)를 보지 못하였습니다.
나는 평화의 잔치에 눈물의 술을 마시는 것을 보지 못하였습니다.
내가 본 사람 가운데는 눈물을 진주라고 하는 사람처럼 어리석은
사람은 없습니다.

아니어요. 님의 주신 눈물은 진주눈물이어요.
나는 나의 그림자가 나의 몸을 떠날 때까지 님을 위하여 진주눈물
*을 흘리겠습니다.

아아 나는 날마다 날마다 눈물의 선경(仙境)에서 한숨의 옥적(玉笛)
을 듣습니다.

*나의 눈물은 백천 줄기라도 방울방울이 창조입니다.

눈물의 구슬이여, 한숨의 봄바람이여, 사랑의 성전을 장엄하는 무등등(無等等)의 보물이여.
아아 언제나 공간과 시간을 눈물로 채워서 사랑의 세계를 완성할까요.

*나는 나의 그림자가~눈물을 흘리겠습니다 그림자가 몸을 떠난다는 것은 육신의 죽음을 뜻한다. 죽을 때까지 임 때문에 슬픔의 눈물을 흘려도 괜찮다는 말이다. *나의 눈물은~창조입니다 눈물은 사랑의 괴로움 때문에 흘리는 것이다. 화자의 사랑은 절대적이므로, 그 눈물은 괴로움을 넘어 새로운 어떤 것을 창조하는 매개체가 된다.

갈래 자유시, 서정시 │ **성격** 역설적, 격정적 │ **제재** 눈물 │ **주제** 눈물은 사랑의 세계를 완성하는 재료

화자는 눈물이 진주가 아니라고 부정한다. 거기에 덧붙여, 만일 눈물이 진주라면 '세상의 진주라는 진주는 다 티끌 속에 묻어버리겠'다고 큰소리친다. 그러다가 셋째 연에서 그 말을 한순간에 뒤집는다. 임 때문에 흘린 눈물은 진주라면서, 죽을 때까지 임을 위해 눈물을 흘리겠다고 다짐한다. 독자는 바로 이것이 화자가 진정으로 하고 싶었던 말임을 눈치챈다. 내친 김에 화자는, 자신의 눈물은 괴로움을 넘어 새로운 어떤 것을 창조하는 매개체가 된다면서, 사랑의 세계를 완성하려면 공간과 시간을 눈물로 채워야 한다고 말한다.

사랑의 끝판

네 네 가요, 지금 곧 가요.
에그 등불을 켜려다가 초를 거꾸로 꽂았습니다그려. 저를 어쩌나
저 사람들이 흉보겠네.
님이여, 나는 이렇게 바쁩니다. 님은 나를 게으르다고 꾸짖습니다.
에그 저것 좀 보아, [*]'바쁜 것이 게으른 것이다' 하시네.
내가 님의 꾸지람을 듣기로 무엇이 싫겠습니까. 다만 [*]님의 거문고
줄이 완급(緩急)을 잃을까 저어합니다.

님이여, 하늘도 없는 바다를 거쳐서 느릅나무 그늘을 지워버리는
것은 달빛이 아니라 새는 빛입니다.
홰를 탄 닭은 날개를 움직입니다.
마구에 매인 말은 굽을 칩니다.
네 네 가요, 이제 곧 가요.

바쁜 것이 게으른 것이다 등불을 켜려다 초를 거꾸로 꽂을 정도로 바쁜 화자를 보고 반어적으로 한 말이다.
'서두르다가 되레 일을 망칠 수도 있다'는 뜻으로, 화자가 섬기는 임의 성품이 드러나는 표현이다. **님의 거문
고 줄이 완급을 잃을까 저어합니다** 자신을 꾸짖다가 임의 거문고 소리가 흐트러질까 걱정이 된다는 말이다.

갈래 자유시, 서정시 | **성격** 상징적, 역설적, 동적 | **어조** 여성적 어조 | **구성** 수미상관 | **주제** 사랑의 완성

홰를 탄 닭은 날개를 움직이고 마구에 매인 말은 발굽을 친다. 화자는 머지않아 날이 샐 것을 확신하며 외친다.
'네 네 가요, 지금 곧 가요.' 그러고 보면 '사랑의 끝판'은 역설적이게도 사랑의 완성을 뜻한다. 어두운 밤이 지나
면 새벽이 오게 되어 있다. 임을 믿고 순종하며 기다릴 때, 비로소 사랑이 꽃을 피우고 열매를 맺는 것이다.

부록

인연설

함께 영원히 있을 수 없음을 슬퍼하지 말고
잠시라도 같이 있을 수 있음을 기뻐하고
더 좋아해주지 않음에 노여워 말고
이만큼 좋아해주는 것에 만족하고
나만 애태운다고 원망치 말고
애처롭지만 사랑을 할 수 있음에 감사하고
주기만 하는 사랑이라 지치지 말고
더 줄 수 없음에 아파하고
남과 함께 즐거워한다고 질투하지 말고
그의 기쁨으로 여겨 함께 기뻐할 줄 알고
알 수 없는 사랑이라 일찍 포기하지 말고
깨끗한 사랑으로 오래 간직할 수 있게
나는……
당신을 그렇게 사랑하렵니다.

산골 물

산골 물아
어디서 나서 어디로 가는가.
무슨 일로 그리 쉬지 않고 가는가.
가면 다시 오려는가 아니 오려는가.

물은 아무 말 없이
수없이 얼크러진 등, 댕댕이, 칡덩굴 속으로
작은 닭은 넘어가고
큰 닭은 돌아가면서

쫄쫄 꼴꼴 쏴 소리가
양안청산(兩岸靑山)에 반향(反響)한다.
그러면
산에서 나서 바다에 이르는 성공의 비결이
이렇다는 말인가.
물이야 무슨 마음이 있으랴마는
세간의 열패자(劣敗者)인 나는
이렇게 설법을 듣노라.

산거(山居)

티끌 세상을 떠나면
모든 것을 잊는다 하기에
산을 깎아 집을 짓고
돌을 뚫어 샘을 팠다.
구름은 손인 양하여
스스로 왔다 스스로 가고
달은 파수꾼도 아니건만
밤을 새워 문을 지킨다.
새소리를 노래라 하고
솔바람을 거문고라 하는 것은
옛사람의 두고 쓰는 말이다.

님 그리워 잠 못 이루는
오고 가지 않는 근심은
오직 작은 베개가 알 뿐이다.

공산(空山)의 적막이여
어디서 한가한 근심을 가져오는가.
차라리 두견성도 없이

고요히 근심을 가져오는
오오 공산의 적막이여.

산촌의 여름 저녁

산 그림자는 집과 집을 덮고
풀밭에는 이슬 기운이 난다.

질동이를 이고 물 긷는 처녀는
걸음걸음 넘치는 물에 귀밑을 적신다.

올감자를 캐어 지고 오는 사람은
서쪽 하늘을 자주 보면서 바쁜 걸음을 친다.

살찐 풀에 배부른 송아지는
게을리 누워서 일어나지 않는다.

등거리만 입은 아이들은
서로 다투어 나무를 안아들인다.
하나씩 둘씩 들어가는 까마귀는
어디로 가는지 알 수가 없다.

일출

어머님의 품과 같이
대지를 덮어서 단잠 재우던 어둠의 장막이
동으로부터 서로
서로부터 다시 알지 못하는 곳으로 점점 자취를 감춘다.

하늘에 비낀 연분홍의 구름은
그를 환영하는 선녀의 치마는 아니다.
가늘게 춤추는 바닷물결은
고요한 가운데 음악을 조절하면서
붉은 구름에 반영되었다.

물인지 하늘인지
자연의 예술인지 인생의 꿈인지
도무지 알 수 없는 그 가운데로
솟아오르는 해님의 얼굴은
거룩도 하고 감사도 하다.
그는 숭엄, 신비, 자비의 화현(化現)이다.

눈도 깜짝이지 않고 바라보는 나는

어느 찰나에 해님의 품으로 들어가버렸다.

어디서인지 우는 꾸궁이 소리가
건너 산에 반향된다.

해촌의 석양

석양은 갈대 지붕을 비춰서
작은 언덕 잔디밭에 반사되었다.
산기슭의 길로 물 길러 가는 처녀는
한 손으로 부신 눈을 가리고 동동걸음을 친다.
반쯤 찡그린 그의 이마엔 저녁 늦은 근심이 가늘게 눈썹을 눌렀다.

낚싯대를 메고 돌아오는 어부는
갯가에 선 노파를 만나서
멀리 오는 돛대를 가리키면서
무슨 말인지 그칠 줄을 모른다.

서천에 지는 해는
바다의 고별음악을 들으면서
짐짓 머뭇머뭇한다.

비바람

밤에 온 비바람은
구슬 같은 꽃수술을
가엾이도 지쳐 놓았다.

꽃이 피는 대로 핀들
봄이 몇 날이나 되랴마는
비바람은 무슨 마음이냐.
아름다운 꽃밭이 아니면
바람 불고 비 올 데가 없더냐.

모순

좋은 달은 이울기 쉽고
아름다운 꽃엔 풍우(風雨)가 많다.
그것을 모순이라 하는가.

어진 이는 만월(滿月)을 경계하고
시인은 낙화를 찬미하느니
그것은 모순의 모순이다.

모순이 모순이라면
모순의 모순은 비모순(非矛盾)이다.
모순이냐 비모순이냐
모순은 존재가 아니고 주관적이다.

모순의 속에서 비모순을 찾는 가련한 인생
모순은 사람을 모순이라 하느니 아는가.

강 배

저녁 볕을 배불리 받고
거슬러 오는 작은 배는
온 강의 맑은 바람을
한 돛에 가득히 실었다.
구슬픈 노 젓는 소리는
봄 하늘에 사라지는데
강가의 술집에서
어떤 사람이 손짓을 한다.

낙화

떨어진 꽃이 힘없이 대지의 품에 안길 때
애처로운 남은 향기가 어디로 가는 줄을 나는 안다.
가는 바람이 작은 풀과 속삭이는 곳으로 가는 줄을 안다.
떨어진 꽃이 굴러서 알지도 못하는 집의 울타리 사이로 들어갈 때에
쇠잔한 붉은 빛이 어디로 가는 줄을 나는 안다.
부끄러움 많고 새암 많고 미소 많은 처녀의 입술로 들어가는 것을
안다.
떨어진 꽃이 날려서 작은 언덕을 넘어갈 때에
가엾은 그림자가 어디로 가는 줄을 나는 안다.
봄을 빼앗아가는 악마의 발밑으로 사라지는 줄을 안다.

모기

모기여, 그대는 범의 발톱이 없고 코끼리의 코가 없으나 날카로운
입이 있다.
그대는 다리도 길고 부리도 길고 날개도 짧지는 아니하다.
그대는 춤도 잘 추고 노래도 잘하고 피의 술도 잘 먹는다.

사람은 사람의 피를 서로서로 먹는데
그대는 동족의 피를 먹지 아니하고
사람의 피를 먹는다.

아아 천하 만세를 위하여 바다같이 흘리는 인인지사(仁人志士)의 피
도 그대에게 맡겼거든
하물며 구구한 소장부(小丈夫)의 쓸데없는 피야 무엇을 아끼리요.

쥐

나는 아무리 좋은 뜻으로 너를 말하여도
너는 작고 방정맞고 얄미운 쥐라고밖에 할 수가 없다.
너는 사람의 결혼 의상과 연회복을 낱낱이 쪼아놓았다.
너는 쌀궤와 팥먹서리를 다 쪼고 물어내었다.
그 외에 모든 기구를 다 쪼아놓았다.
나는 쥐덫을 만들고 고양이를 길러서 너를 잡겠다.
이 작고 방정맞고 얄미운 쥐야.

그렇다, 나는 작고 방정맞고 얄미운 쥐다.
나는 너희가 만든 쥐덫과 너희가 기른 고양이에게 잡힐 줄을 안다.
만일 내가 너희 의장(衣欌)과 창고를 통거리째 빼앗고
또 너희 집과 너희 나라를 빼앗으면
너희는 허리를 굽혀서 절하고 나의 공덕을 찬미할 것이다.
그리고 너희들의 역사에 나의 이름을 크게 쓸 것이다.
그러나 나는 그러한 큰 죄를 지을 만한 힘이 없다.
다만 너희들이 먹고 입고 쓰고 남는 것을 조금씩 얻어먹는다.
그래서 너희는 나를 작고 방정맞고 얄미운 쥐라고 하며
쥐덫을 만들고 고양이를 길러서 나를 잡으려 한다.

나는 그것이 너희들의 철학이요 도덕인 줄을 안다.
그러나 쥐덫이 나의 덜미에 벼락을 치고 고양이의 발톱이 나의 옆
구리에 샘을 팔 때까지
나는 먹고 마시고 뛰고 놀겠다.
이 크고 점잖고 귀염성 있는 사람들아.

파리

이 작고 더럽고 밉살스런 파리야
너는 썩은 쥐인지 만두인지 분간을 못하는 더러운 파리다.
너는 흰 옷에는 검은 똥칠을 하고
검은 옷에는 흰 똥칠을 한다.
너는 더위에 시달려서 자는 사람의 단꿈을 깨워놓는다.
너는 이 세상에 없어도 조금도 불가할 것이 없다.
너는 한눈 깜짝일 새에 파리채에 피칠하는 작은 생명이다.

그렇다. 나는 작고 더럽고 밉살스런 파리요, 너는 고귀한 사람이다.
그러나 나는 어여쁜 여왕의 입술에 똥칠을 한다.
나는 황금을 짓밟고 탁주에 발을 씻는다.
세상에 보검이 산같이 있어도 나의 털끝도 건드리지 못한다.
나는 설렁탕 집으로 궁중 연회에까지 상빈(上賓)이 되어서 술도 먹고 노래도 부른다.
세상 사람은 나를 위하여 궁전도 짓고 음식도 만든다.
사람은 빈부 귀천을 물론하고 파리를 위하여 생긴 것이다.
너희는 나를 더럽다고 하지마는
너희들의 마음이야말로 나보다도 더욱 더러운 것이다.
그리하여 나는 마음이 없는 죽은 사람을 좋아한다.

세모(歲暮)

산 밑 작은 집에
두어 나무의 매화가 있고
주인은 참선하는 중이다.

그들을 둘러싼 첫 겹은
흰 눈, 찬바람 혹은 따스한 빛이다.

그 다음의 겹과 겹은
생활, 전쟁, 주의(主義), 혁명 등
가장 힘있게 진전되는 것은
강자와 채권자의 권리 행사다.

해는 저물었다.
모든 것을 자취로 남겨두고
올해는 저물었다.

해설

'역설'의 시인 만해–만남을 위해 이별을 노래하다

만해 한용운. 시인이기 이전에 민족적 선구자의 자리에 놓을 수 있는 인물이다. 그는 한국 근대사가 지닌 문제점을 정확하게 파악하고 그것을 극복하려고 애썼으며, 독립투사로서 나라를 빼앗은 일제에 맞서 불 같은 투지와 용기로 싸웠다. 불교의 개혁과 현실참여를 주장한 사상가이기도 했다. 그러나 무엇보다도 문학사적으로 한국 근대시에서 그를 빼놓고는 이야기가 성립되지 않는다.

만해의 문학은 한국문학에서 부족하다고 할 수 있는 종교적 명상의 진지함을 추구하고, 우리 민족으로 하여금 용기를 가지고 시련의 역사를 헤쳐나가는 방법을 찾게 만들고, 현실적인 삶의 어려움을 이겨낼 수 있는 신념을 품게 한다는 점에서 그 의미가 크다. 형식적인 면에서도 만해의 시는 은유와 역설을 자유롭게 사용하고, 정형적인 틀을 벗어난 산문체이면서도 내재율을 느낄 수 있는 등 근대 자유시의 완성에 크게 기여한 것으로 평가된다. 또한 세속적인 인간의 모습을 통해 절대적이고도 신성한 가치를 표현하고, 만남을 위해 이별을 전제로 하는 등 역설의 묘미 또한 뛰어나다.

독립투사, 불교사상가, 시인으로서 치열한 한평생을 보낸 만해는

1879년 8월 29일 충청남도 홍성군 결성면 성곡리에서 태어났다. 서당에서 한학을 배웠으며, 17세 때 동학농민운동에 가담하여 투쟁했다. 19세 되던 해인 1897년 설악산 오세암으로 들어가, 밥 짓고 물 긷는 불목하니 노릇을 했다. 그러다가 시베리아와 만주 등을 돌아다니며 불교와 동양철학을 연구하며 견문을 넓혔다. 1905년에는 다시 인제의 백담사에 가서 연곡을 스승으로 삼아 정식으로 승려가 되었다.

1910년 일본에 국권을 빼앗기자 중국에 가서 만주지방 여러 곳에 흩어져 있던 독립군 군관학교를 방문, 독립정신과 민족혼을 심어주는 일에 힘을 쏟았다. 1913년에 귀국, 1914년에는 범어사에 들어가 『불교대전』을 쓰며 불교의 개혁과 현실참여를 주장했다. 1916년에는 월간지 『유심』을 창간하여 불교개혁운동과 신문화를 계몽하는 데 앞장섰다. 1919년 3·1운동 때는 33인의 한 사람으로서 독립선언서에 서명하고, 일제에 체포되어 3년간 옥고를 치렀다.

1922년 감옥에서 나온 후로는 온 나라를 돌며 청년들을 깨우칠 목적으로 강연을 했고, 1926년에는 시집 『님의 침묵』을 간행하여, 그 시편들에 담긴 문학적 아름다움과 불교적 세계관, 그리고 철학적인 사상으로 문단에 큰 충격을 주었다. 1944년 6월 29일 그토록 바라던 민족해방을 보지 못한 채, 조선총독부와 마주보기 싫다며 북향으로 지은 서울 성북동 심우장에서 66세를 일기로 세상을 떠났다.

만해의 문학활동은 시로 시작하여 시조와 한시, 「죽음」「흑풍」「후회」「박명」 등 장편소설까지 다양하게 펼쳐졌지만, 가장 의미 있는 것은 역시 『님의 침묵』으로 대표되는 시다. 『님의 침묵』은 당시 한국문단의 영향을 받지 않았음에도 어느 문학작품보다도 더 절실하게 민족의 현실과 이상, 그리고 그 실현에 필요한 주체적 자세에 대해 노래했으며, 더욱이 그것을 풍부한 시적 이미지로 아름답게 형상화해 수준 높은 민족문학의 경지를 보여주었다. 『님의 침묵』에 실린 만해의 시는 전체적으로 여성적이다. 시적 화자로 여성을 내세운 작품이 많은데, 남성적인 시보다 그 호소력이 훨씬 강하다. '님'이 침묵하는 시대에 잃어버린 조국과 민족에 대한 회복의 소망을 여성적인 방법으로 형상화한 것이다.

1926년 서울 회동서관에서 간행된 시집 『님의 침묵』의 모든 시들은 이별이라는 상황으로부터 비롯된다. 하지만 그 이별은 사랑하는 대상과의 만남이 영영 불가능한, 절망적인 것이 아니다. 오히려 사랑의 강도를 확인하게 하고, 언젠가 있을 만남을 다짐하게 하는 긍정적이고 생산적인 것이다. 따라서 시의 화자는 '님'이라는 절대적인 존재, 떠나

간 '님'에 대한 변함없는 사랑을 노래하며 다시 만날 날을 애타게 기다린다.

『님의 침묵』 이후 많은 사람들이 만해의 시에 나타난 '님'의 정체를 밝히고자 애썼다. '님'은 종교적인 절대자일 수도 있고 빼앗긴 조국일 수도 있고, 아니면 단순히 사랑하는 사람일 수도 있다. 만해는 『님의 침묵』의 서문격인 「군말」에서 '님만 님이 아니라 기룬 것은 다 님'이라고 밝히고 있다.

「알 수 없어요」에서는 '님'이 '오동잎의 발자취', '푸른 하늘', '알 수 없는 향기', '저녁놀' 등 여러 모습으로 나타난다. 이때의 '님'은 절대적인 존재라고 할 수 있다. 시인은 자연의 신비를 통해 그 부분적인 모습만을 엿본 것이다. 의문 형식의 반복적 진술은 '님'의 전체적인 모습을 보지 못한 데 대한 아쉬움, 그 절대적인 존재를 향한 동경을 드러낸 것이라고 할 수 있다. 마지막 연에서 '타고 남은 재가 다시 기름이 됩니다'라고 했는데, 이는 '그칠 줄 모르고 타는 나의 가슴'의 영원성을 강조하기 위한 것이다.

「님의 침묵」에서는 독특한 언어의 표현과 기법으로 조국을 '님'에 비유했다. 비록 일제에 '님'인 조국을 빼앗겼지만 언젠가는 반드시 되찾게 되리라는 희망을 노래한다. 즉 '님'의 떠나감을 부정함으로써 돌아올 여지를 만들고 있는 것이다. '회자정리 거자필반(會者定離 去者必返)', 곧 '만나면 헤어지게 되어 있고 떠난 사람은 반드시 돌아오게 되어 있다'는 진리를 빌려 이별의 슬픔을 극복하게 한다. 삶의 덧없음을 바탕으로 한 이와 같은 시적 통찰은 이별이 만남으로, 절망이 희망으로 바뀔 수 있는 계기를 마련하는 것이다.

「나룻배와 행인」은 '나'와 '님'의 관계를 나룻배와 행인의 관계에 빗대어 참된 사랑을 노래하고 있다. 화자는 '님'을 안고 물을 건넌다. '물만 건너면 돌아보지도 않고' 가버린다. 야속한 '님'이다. 그걸 알면서도 만약 오지 않는다면 '밤에서 낮까지' 기다리겠다고 말한다. 이는 '님'에 대한 인내와 희생과 절대적 사랑이 없으면 불가능하다. '님'이 언제든 돌아올 것이라는 믿음이 있기 때문에 취할 수 있는 태도다.

「이별은 미의 창조」는 만해의 시 전편에 흐르고 있는 이별을 노래하고 있는 작품이다. '님'과의 이별에서 오는 아픔이 미를 만들어내는 가장 근본적인 바탕이요, 모든 행동의 원동력이 된다는 것을 은유를 통해 형상화시키고 있다. '이별이 아니면 나는 눈물에서 죽었다가 웃음에서 다시 살아날 수가 없습니다'라는 구절은 이별과 만남, 죽음과 생성, 곧 모순과 대립을 통해 진리를 이끌어내는 변증법적 순환을 표현하고 있다.

「칠석」에 '나의 머리가 당신의 팔 위에 도리질을 한 지가 칠석을 열 번이나 지나고 또 몇 번을 지내었습니다'라는 구절이 있다. 만해가 그 시를 쓴 시점으로 미루어볼 때 여기서의 '당신', 곧 '님'은 단순히 사랑하는 사람이 아니라 빼앗긴 조국임을 짐작하게 한다. '진정한 사랑은 표현할 수가 없습니다'라고 한다. 조국을 향한 만해의 마음은 표현할 길이 없다. 왜냐하면 그 사랑이 진실하기 때문이다.

「복종」에서 '남들은 자유를 사랑한다지마는, 나는 복종을 좋아'한다고 했다. 이 구절에는 '당신' 이외에는 그 누구도 사랑의 대상으로 생각한 적이 없다는 의미가 담겨 있다. 만약 '다른 사람을 복종'하게 되면 '당신'에게 복종할 수 없기 때문이다. 그리하여 대상이 되는 '님'만을 기다리게 되는 것이다.

「당신을 보았습니다」에는 가난과 그로 인한 서글픈 삶의 모습이 실감나게 묘사되어 있다. 이 시의 '당신'은 일제의 식민지인 조국, 그리움과 구원의 대상으로서의 '님'이 합쳐진 이미지다. '집도 없고 다른 까닭을 겸하여 민적이 없'는 '나'는 권력을 가진 장군 앞에서 능욕을 당하고 그 '격분이 스스로의 슬픔'으로 변한 순간 비로소 '님'을 보게 된다.

이상의 시에 등장하는 '님'의 모습은 참으로 다양하다. 만해의 시는

'님'에서 시작되고 '님'으로 끝난다. 그만큼 '님'이 가지는 의미는 작품을 풀어나가는 데 있어서 매우 중요하다. 당시는 '님'이 떠나간, 혹은 침묵하는 시대다. 그러나 역설적이게도 그런 상황을 통해 진정한 '님'의 존재를 깨닫게 된다. '님'과 다시 만나려면 철저한 복종이 요구되는데, 그제야 비로소 '나'는 자유로워진다. 만해는 이와 같은 시적 인식을 통해 참된 깨달음에 이를 수 있다는 진리를 '님'과 '이별'이라는 재료를 가지고 뛰어나게 형상화했다.

한용운

1927   신간회를 발기하다. 신간회 중앙집행위원 겸 경성지회장이 되다.

1933   유숙원 씨와 재혼하다. 서울 성북동에 심우장을 마련하다.

1944   6월 29일 심우장에서 65세를 일기로 세상을 떠나다.

성북골에 북향으로 지은 심우장

옥중감회 | 연도미상

추회 | 연도미상

증별 | 연도미상

농산의앵무새 | 연도미상

서대문형무소에 수감된 한용운 수형기록표

옥호빙심 | 연도미상

시 쉽게 감상하기 Ⅲ

님의 침묵

초판 1쇄 인쇄 | 2023년 2월 20일
초판 1쇄 발행 | 2023년 2월 25일

지은이 | 한용운
감 수 | 전문규
일러스트 | 김영신
제 작 | 선경프린테크
펴낸곳 | Vitamin Book
펴낸이 | 박영진

등 록 | 제318-2004-00072호
주 소 | 07251 서울특별시 영등포구 영신로 40길 18 윤성빌딩 405호
전 화 | 02-2677-1064
팩 스 | 02-2677-1026
이메일 | vitaminbooks@naver.com

© 2023 Vitamin Book

ISBN 979-11-89952-78-5 (04810)
    979-11-89952-81-5 (전3권)

잘못된 책은 바꾸어 드립니다.